DIE GEBURT EINES LEBEWESENS ...
JEDES LEBEN IST GLEICH WERTVOLL, UNABHÄNGIG VON DER SPEZIES.
UND EIGENTLICH ...
... MUSS JEDES LEBEN GEACHTET WERDEN.
BIS AUF EINE AUSNAHME ...
BIS AUF SIE ...

EN 1
KAPITEL 1: GEBURTSTAG

LILI-M
TAKUMA TOKASHIKI

DING
DING
DING
DING
DING
ESSEN!

... 497 ...
GLUCK GLUCK
... 498 ...
... 499 ...
... 500.
WAS MACHST DU DA EIGENTLICH SCHON DEN GANZEN MORGEN ...
... NITO?
IST DOCH SOWIESO VÖLLIG UMSONST.
KATZE STREICHELN
ESSEN NICHT AUS SCHLÄUCHEN
BESTEH ICH DIE ...
... UNTERSUCHUNG ...
... KOMM ICH HIER RAUS!

DING
DING
DING
ZEIT FÜR DIE GESELL-SCHAFTSTAUG-LICHKEITSUN-TERSUCHUNG!
DING
WIR LEBEN ...
... SEIT UNSERER GEBURT IN DIESEM KRAN-KENHAUS.

DIE ÄRZTE SAGEN ...
... DASS UN-SERE KÖRPER SCHWÄCHER SIND ALS DIE DER MENSCHEN DRAUSSEN.
BIS UNSERE KÖRPER NORMAL SIND, MÜSSEN WIR REGELMÄSSIG DIESE UNTERSU-CHUNGEN DURCH-LAUFEN ...
... UND WENN WIR SIE IRGENDWANN BESTEHEN, KÖNNEN WIR RAUS.
GUAH!
DAVON TRÄUMEN WIR ALLE.

KRACK
WOW, SEHT EUCH MUSASHI AN!
SCHON WIEDER DIE HÖCHSTPUNKTZAHL ...
... BEI DER MUSKELUNTERSUCHUNG! NEUER REKORD!
ERSTE BEI DER BLUTUNTERSUCHUNG ...
... CHIZURU!
ERSTER BEI DER KNOCHENUNTERSUCHUNG ...
... MARCO!
ERSTE BEI DER KÖRPERFETTUNTERSUCHUNG ...
... REINA!
MUSASHIS GENERATION IST ÜBERRAGEND!
OH, NA JA ...

ABGESEHEN VON NITO.
WIR UNTERSUCHEN JETZT DIE BLUTEIGNUNG.
BITTE HÄRTE DEIN BLUT.
WIE SOLL ICH DENN MEIN BLUT HÄRTEN?
HÄRTE ES!
HÄRTE ES!
HÄR...
WIR UNTERSUCHEN JETZT DIE KNOCHENEIGNUNG.
GNH
GNH
GNH
AU! AU!
MACH DEINE KNOCHEN WEICH.
NICHT WEITER ZIEHEN!
MEINE SCHULTER IST RAUS!
GNH
GNH
GNH
KNACK
KNACK
WIR UNTERSUCHEN JETZT DIE MUSKELEIGNUNG.

MEINE KNOCHEN SIND GEBROCHEN.
ICH HAB KEINE SEKUNDE DURCHGEHALTEN.
DABEI MACH ICH JEDEN TAG 500 LIEGESTÜTZE.
DOKTOR ... WAS ...?
WIR HABEN BISHER NOCH KEINE EIGNUNG BEI IHM FESTSTELLEN KÖNNEN.
DAHER UNTERZIEHEN WIR IHN ALLEN UNTERSUCHUNGEN.
JA. DU BIST NOCH NICHT LANGE HIER, DESHALB WEISST DU ES NICHT.
...
AU
AH
AU

AU …
KANN VOR …
… SCHMERZ NICHT SCHLAFEN.
DIE ÄRZTIN SAGT, SCHMERZMITTEL SIND KOSTBAR …
… DESHALB GIBT'S BIS ZUR NÄCHSTEN UNTERSUCHUNG KEINE.
ICH MUSS SIE MIR GUT EINTEILEN.
UH …
DER KRATZT BALD AB.
UUUH …
ER IST SO GESCHWÄCHT, DASS ER NICHT MAL MEHR ZUR UNTERSUCHUNG KANN.
GEBT MIR BITTE EIN SCHMERZMITTEL.
ICH HAB WEGEN DER SCHMERZEN DREI TAGE NICHT GESCHLAFEN.
ICH GEB EUCH BEI DER NÄCHSTEN UNTERSUCHUNG DAS DOPPELTE ZURÜCK.

DU STIRBST SOWIESO.
REINE VERSCHWENDUNG, DIR WAS ZU GEBEN.
LASST UNS LIEBER BESTIMMEN ...
... WER SEIN ZEUG BEKOMMT, WENN ER ABKRATZT.
OKAY, ICH WILL DIE PILLENSCHACHTEL.
NITO ...
DANN BRAUCH ICH MEINE NICHT MEHR.
NIMM SIE SCHON.
SCHMERZ
SCHMERZ
ズキ
ズキ
SONST ÜBERLEG ICH'S MIR NOCH ANDERS.
!
ICH LEG SIE EINFACH HIER HIN.
DU ...

DU BIST MAL WIEDER TOTAL BESCHEUERT, NITO.
HAPP
GEHEN WIR SCHLAFEN.
ES REICHT NICHT ...
WA ...?!
DU MACHST STÄNDIG LIEGESTÜTZE ...
... WEIL DIE ÄRZTIN ES DIR GESAGT HAT.
DADURCH KANNST DU ABER DEINE UNTERSUCHUNGSERGEBNISSE NICHT VERBESSERN.
DU WIRST VERARSCHT.
MACHT DIR DAS NICHTS AUS? ICH HAB DICH AUCH GERADE VERARSCHT.

ACH SO, ER HAT MICH VERARSCHT.
ICH KRIEG WOHL GAR NICHT DAS DOPPELTE ZURÜCK.
NICHT WIRKLICH, ABER ...
... WENN MAN MENSCHEN MISSTRAUT, MUSS MAN SICH SO VIE-LE GEDANKEN MACHEN.
ICH BIN NICHT DER HELLSTE.
ES IST ENTSPANNTER, DEN LEUTEN ZU GLAUBEN, ALS IHNEN ZU MISSTRAUEN.
AUSSER-DEM STEHT JA NOCH GAR NICHT FEST ...
... DASS DU ODER DIE ÄRZTIN LÜGEN.
DU BIST ECHT BE-SCHRÄNKT.
RUHE!

APROPOS, NITO ...
DU REDEST STÄNDIG ÜBER DIE WELT DRAUSSEN, DIE DU NUR AUS BÜCHERN KENNST.
DAS HAT SICH SEIT DEINER KINDHEIT NICHT GEÄNDERT.
ERZÄHL MIR DOCH BITTE VON DRAUS-SEN.
ICH GLAUB, DANN KANN ICH GUT EIN-SCHLAFEN.
IST GUT.
ALSO, ZUERST MAL GIBT'S DA WAS ZU ESSEN, DAS MAN BROT NENNT.
ES IST FLUFFIG UND SOLL TOTAL GUT SCHMECKEN.
UND FLUFFIG SIND WOHL AUCH ...
... DIESE TIERE NAMENS KATZE.

ER IST VERSTORBEN.
SCHON WIEDER EINER TOT.
MUSASHI!
RATTER
カラカラ
RATTER
KOMM MAL KURZ MIT RAUS, NITO.

WIR WOL-LEN ...
... AUS DEM KRAN-KENHAUS AUSBRE-CHEN.

WIE? WAS SOLL DAS HEISSEN?
DAS BRAUCHT IHR DOCH GAR NICHT!
IHR LIEGT IN DER UNTERSUCHUNG IMMER GANZ VORNE ...
... IHR WERDET BESTIMMT EH BALD ENTLA...
NITO ...
KENNST DU DEN WELTREKORD IM 100-METER-LAUF?
HÄ?

DAS HAB ICH VON 'NER ANGESTELLTEN.
GUINNESS WORLD RECORDS 2020
ES STEHT IN DIESEM SOGENANNTEN GUINNESSBUCH!
9,58 SEKUNDEN.
DIE HÄLFTE DER INSASSEN HIER, MICH EINGESCHLOSSEN, IST SCHNELLER.
GUINNESS WORLD
UNSERE KÖRPER SOLLEN SCHWÄCHER SEIN ALS DIE DER MENSCHEN DRAUSSEN?
OBWOHL WIR SCHNELLER LAUFEN ALS DER WELTREKORD?
ZEIT
WINDGESCHWINDIGKEIT
9,58 SEK
9,69 SEK
9,72 SEK
D... DAS IST DOCH TOLL! DANN KÖNNT IHR DRAUSSEN LEICHTATHLETEN WERDEN.
SCHNELLE LÄUFER SIND TOTAL BELIEBT.
FLAPP
UND DAS HIER?!
!

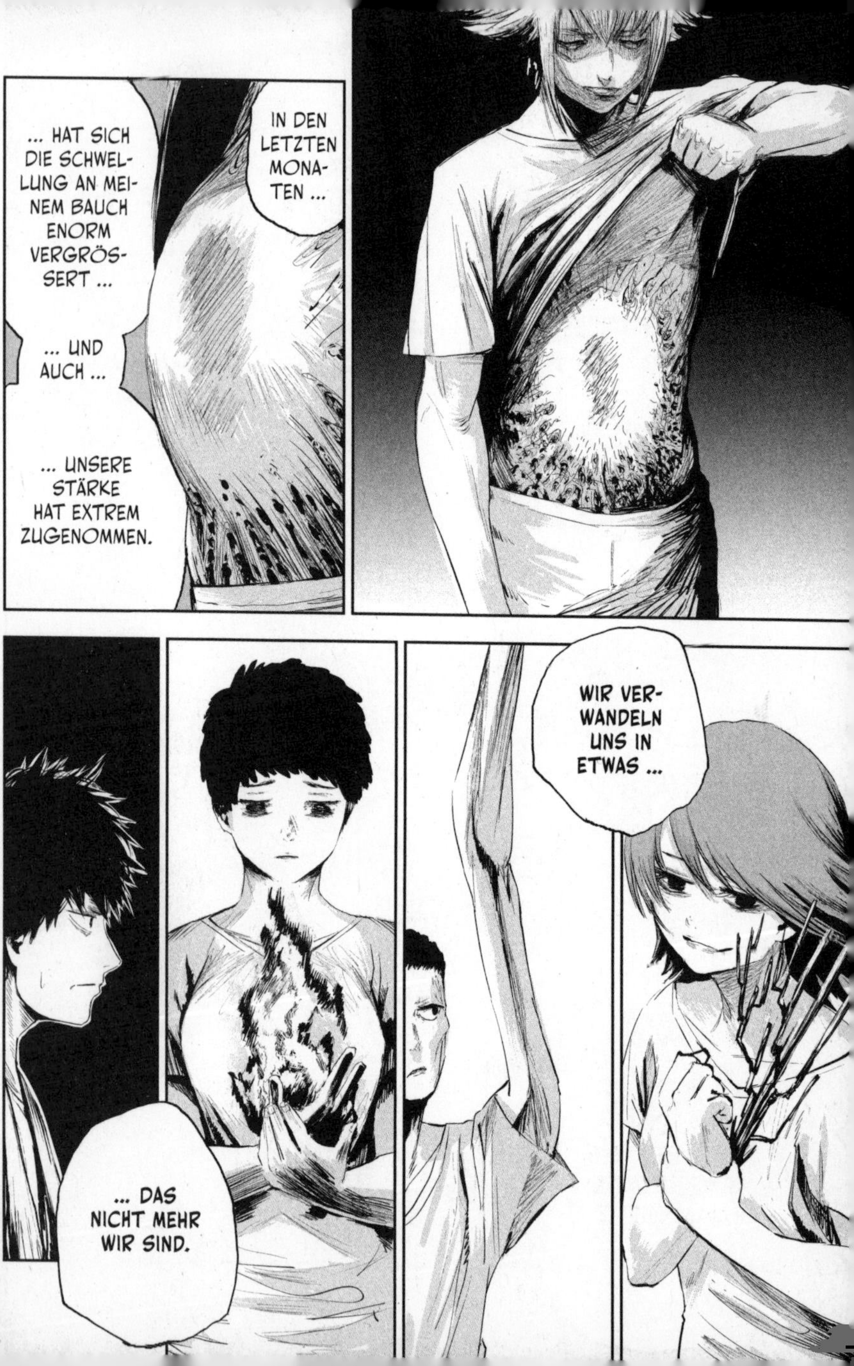
IN DEN LETZTEN MONATEN ...
... HAT SICH DIE SCHWELLUNG AN MEINEM BAUCH ENORM VERGRÖSSERT ...
... UND AUCH ...
... UNSERE STÄRKE HAT EXTREM ZUGENOMMEN.
WIR VERWANDELN UNS IN ETWAS ...
... DAS NICHT MEHR WIR SIND.

WOMM
WENN WIR HIER-BLEIBEN ...
... VERWAN-DELN WIR UNS IRGENDWANN IN MONSTER.

ACH, HIER SEID IHR.
FRAU DOKTOR RUFT NACH EUCH.
OH JE, DU HAST JA SCHON WIEDER DIE MAUER KAPUTTGE-MACHT.
NITO, KOMM MIT UNS ...
... WENN DU WIRK-LICH RAUS WILLST.
SAG MAL, NITO ...
WORÜBER HABT IHR DENN GE-SPROCHEN?
...
NICHTS.

KLATSCH
ハチ
KLATSCH
KLATSCH
KLATSCH
IHR HABT ...
... DIE UNTERSUCHUNG ...
... BESTANDEN.
IHR WERDET ENTLASSEN.
KLATSCH
KLATSCH
KLATSCH
HERZLICHEN GLÜCKWUNSCH.
WAS?
IHR VERLASST DAS KRANKENHAUS HEUTE ABEND.

ザワ
MURMEL
ザワ
MURMEL
ENDLICH WIRD MAL JEMAND ENTLASSEN.
NATÜRLICH MUSASHI UND DIE ANDEREN.
...
LEUTE!
IHR HABT'S GESCHAFFT!
JETZT KÖNNT IHR ALLES TUN, WAS IHR WOLLTET!
...
NITO ...
GEHT NUR!
ICH KOMM HIER AUCH BALD RAUS.

ALSO, FÜR DIE VORBE-REITUNGEN KOMMT BIT-TE MIT MIR.
ÄHM, FRAU DOKTOR?
ICH HAB JEDEN TAG 500 LIEGE-STÜTZE GEMACHT, SO WIE SIE'S MIR GERATEN HABEN.
ABER MEINE UNTERSU-CHUNGSERGEB-NISSE VERBESSERN SICH ÜBERHAUPT NICHT.
WAS SOLL ICH ...?
MACH HALT JEDEN TAG 5000.

... 1001 ...
WOW ...
„DRAUSSEN SOLL ES EIN MÄUSELAND GEBEN.“
ER IST VERSTORBEN.
... 3561 ...
„„LIEBE SOLL SEHR ROMANTISCH SEIN ...
WOW ...
... UND DAS UNGLÜCK DER MENSCHEN ...“
ER IST VERSTORBEN.
GN
HU
... 4971 ...
„SAGT MAL, WISST IHR, WIE KINDER GEBOREN WERDEN?“
ER IST VERSTORBEN.

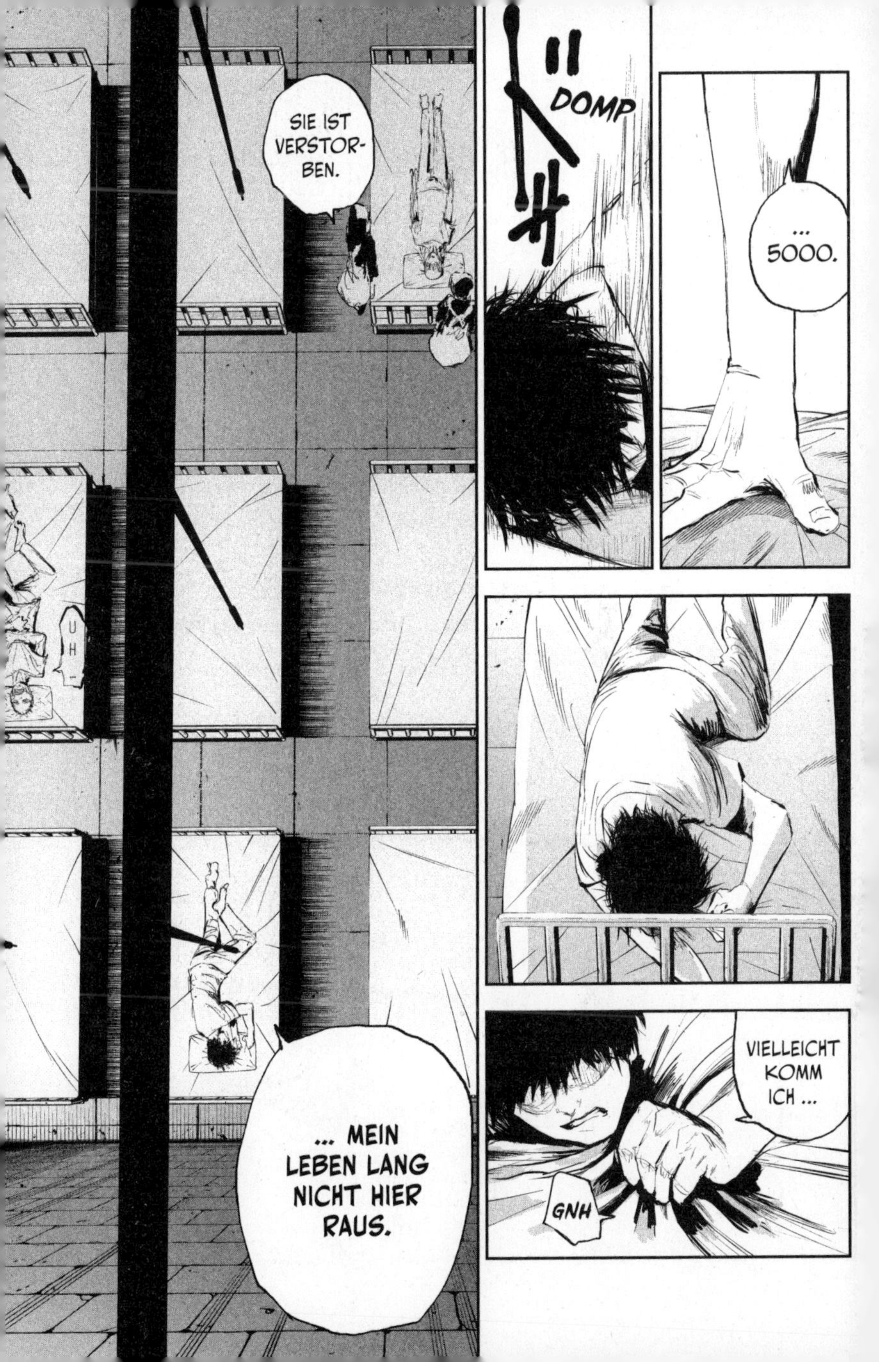
... 5000.
DOMP
VIELLEICHT KOMM ICH ...
GNH
SIE IST VERSTORBEN.
UH-
... MEIN LEBEN LANG NICHT HIER RAUS.

DIE NEUE KRANKEN-SCHWESTER!
!
DAS IST DOCH MUSASHIS BUCH.
STIMMT, ER SAGTE, ER HÄTTE ES VON EINER ANGESTELL-TEN.
TOCK
TOCK

BAMM
DAS IST DIE BESEN-KAMMER.
KLACK
KLACK
DAS SCHLOSS IST KA-PUTT.
SIE FÜHRT NACH UNTEN ...
NANU ...?
DIE NEUE KRANKEN-SCHWES-TER IST NICHT MEHR ZU SEHEN ...
STIM-MEN?

WIE SIEHT ES BEI DEN EIERN AUS?
ALLES BESTENS.
NUR BEI A210 HAT SICH NOCH KEINS EINGENISTET, OBWOHL WIR SCHON MEHRFACH EIER EINGESETZT HABEN.
VIELLEICHT ALLMÄHLICH ABSTOSSEN?
ANGE-STELL-TE?
EIER?
A210?
WOVON REDET SIE?
HÄTTEN A634 UND DIE ANDEREN NICHT AN FLUCHT GEDACHT ...
... HÄTTEN SIE NOCH EIN WENIG LÄNGER LEBEN KÖNNEN ...
FLUCHT? REDEN SIE ETWA VON MUSASHI UND DEN ANDEREN?

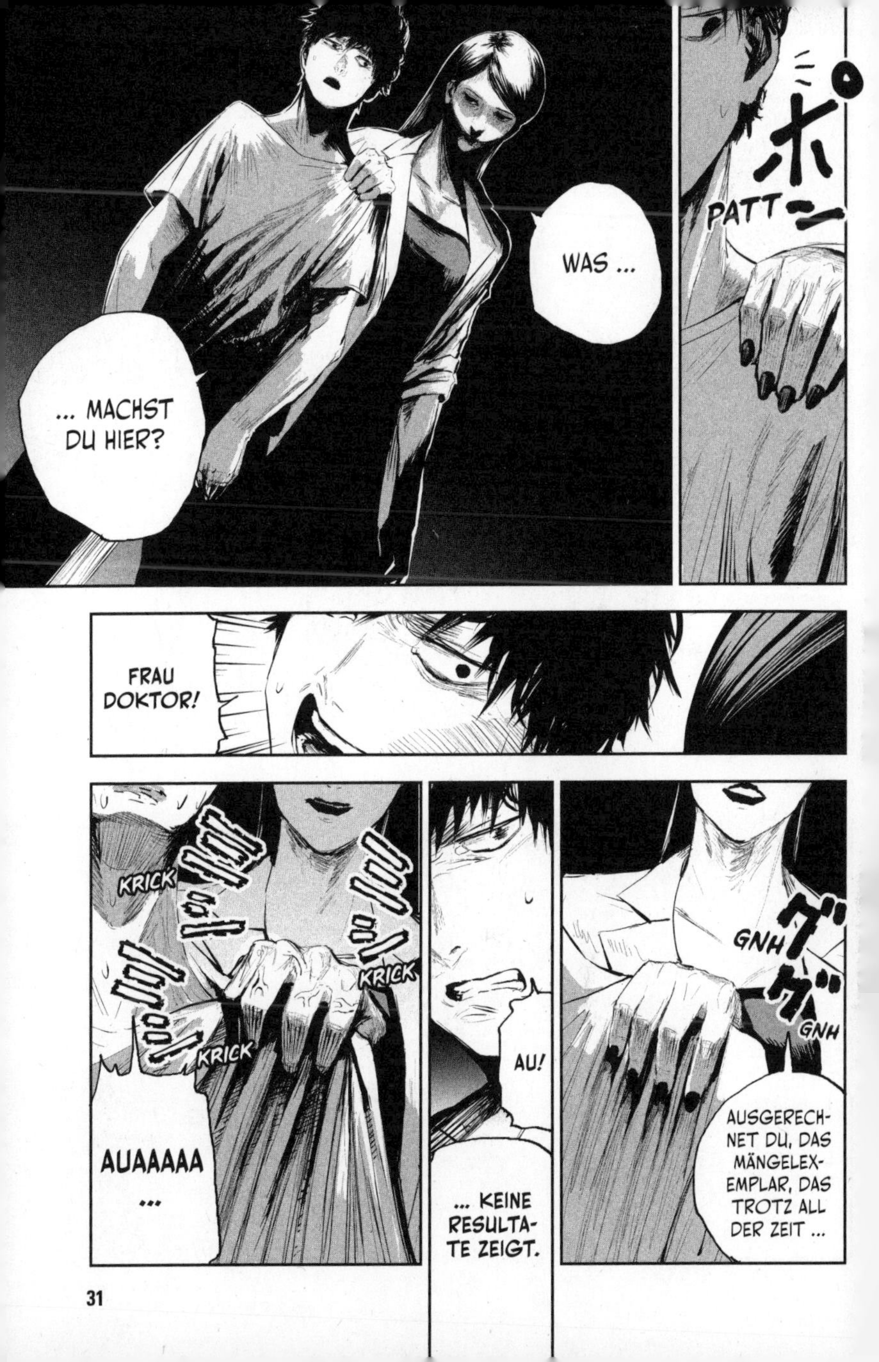
ポン
PATT
WAS ...
... MACHST DU HIER?
FRAU DOKTOR!
GNH
GNH
AUSGERECHNET DU, DAS MÄNGELEXEMPLAR, DAS TROTZ ALL DER ZEIT ...
AU!
... KEINE RESULTATE ZEIGT.
KRICK
KRICK
KRICK
AUAAAAA ...

GRAB
GRAB
AAAAAH!
RATSCH
RATSCH
BTSCH
UPS!
HAB ICH ZU FEST ZU-GEPACKT?
WIE ZER-BRECHLICH MENSCHEN DOCH SIND.

SIE HAT EINFACH EIN STÜCK AUS MIR RAUS-GERISSEN!
SIE IST NOCH STÄR-KER ALS MUSASHI!
SIE WOLL-TE MICH UMBRINGEN, ODER?
SIE WAR NICHT WIE SONST.
MIT DIESEM KRANKENHAUS STIMMT WAS NICHT.
MUSASHI HATTE RECHT.
GENAU! MUSA-SHI!
SIND ER UND DIE ANDEREN OKAY?

WAS ZUR HÖLLE ...?
B359

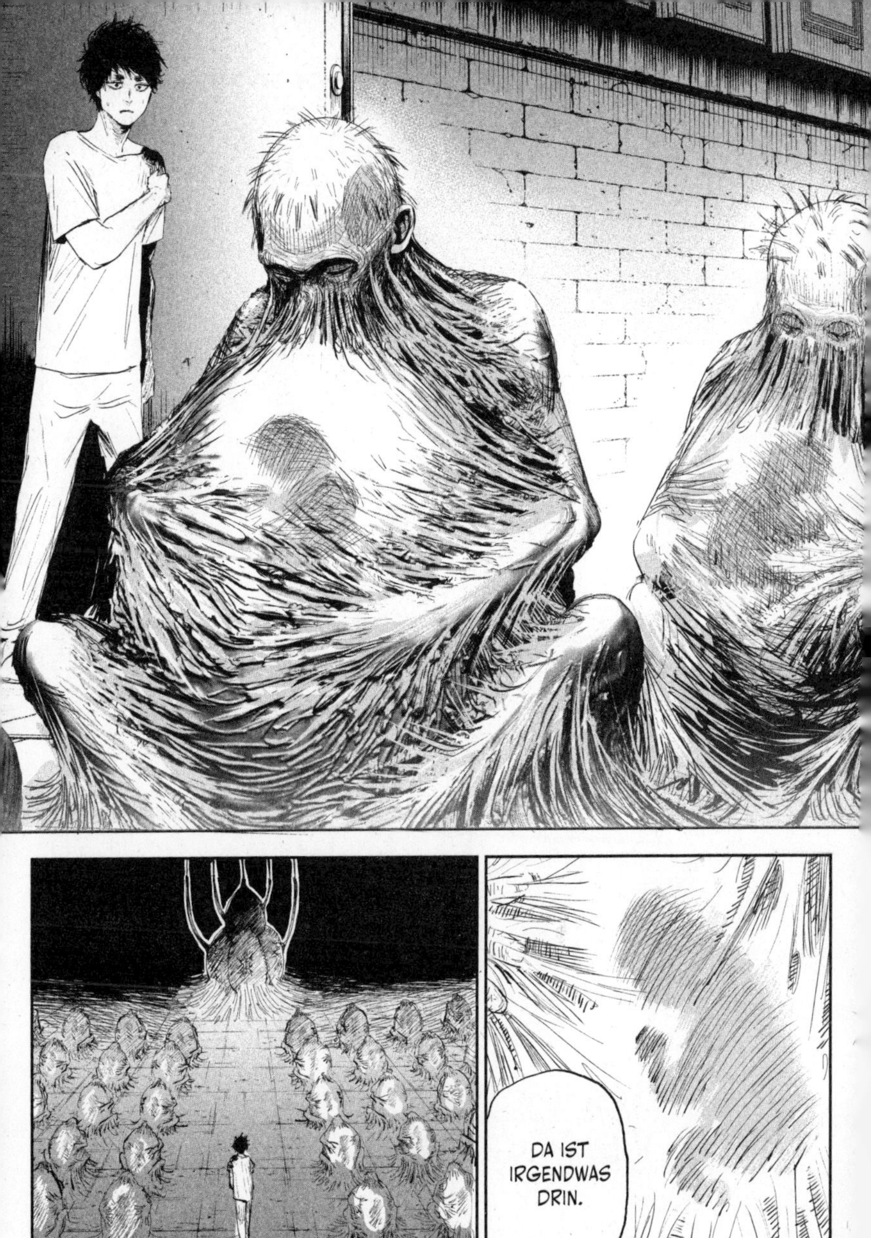
DA IST IRGENDWAS DRIN.

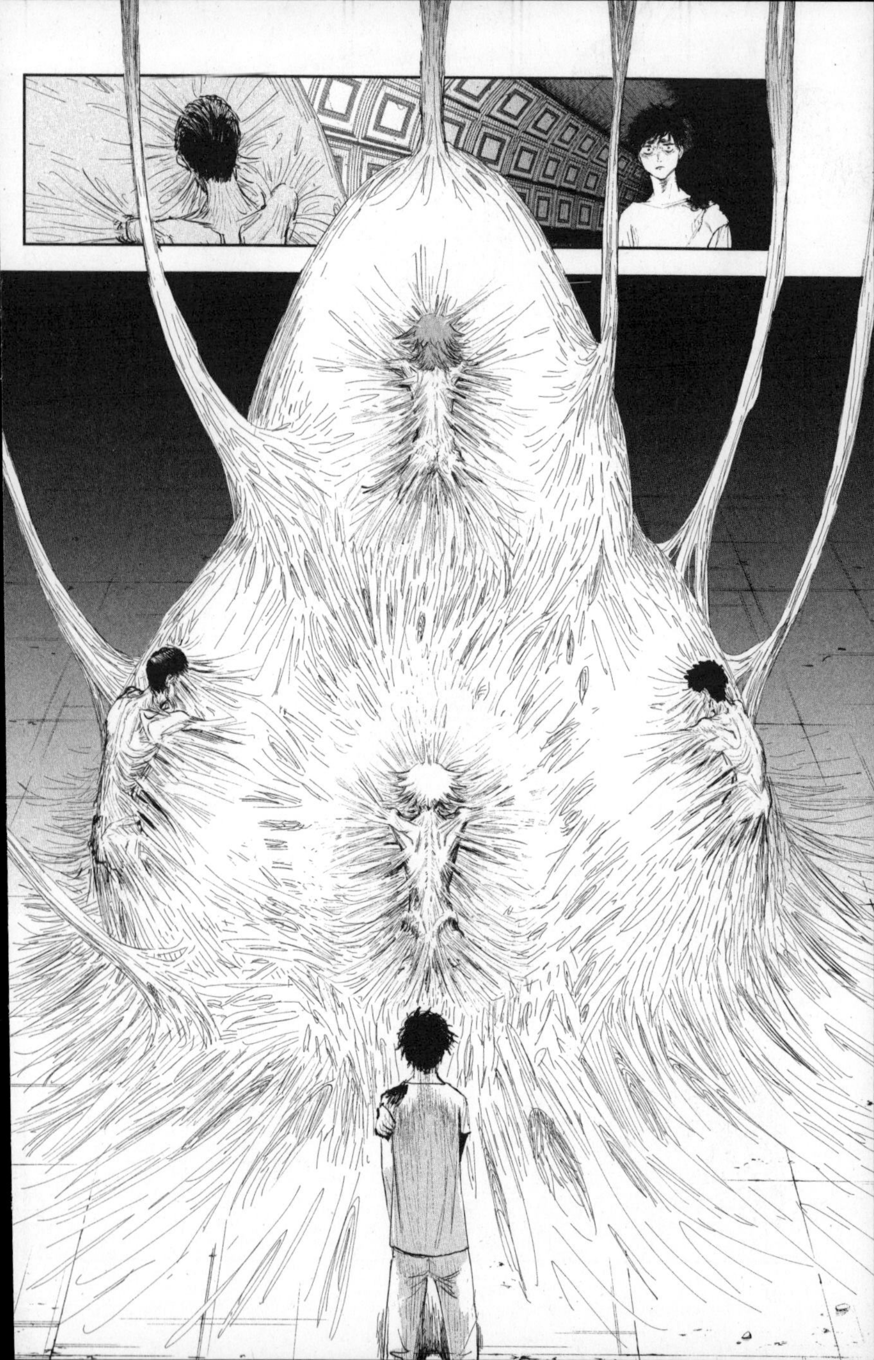

MUSASHI
...
UND DIE
ANDEREN
...
SPLATT

DAS GEHT ABER NICHT.
SLCK
EIN BRUTWIRT DARF NICHT EINFACH WEG-LAUFEN.
BRUT-WIRT?
JA.
IHR SEID ...
... BRUT-WIRTE.
WEISST DU, WIR ...
KRCK
... KÖNNEN UNS NICHT SELBST FORT-PFLANZEN.
KRCK
DESHALB PFLANZEN WIR EUCH MENSCHEN EIER EIN ...
... UND NTZIEHEN UCH NÄHR-STOFFE.

VOR LANGER ZEIT HAT UNSERE RASSE ...
KRACK
KNACK
KNACK
... NACHT FÜR NACHT MEN-SCHEN VERFÜHRT UND IHNEN EIER EINGEPFLANZT.
KRACK
AA
AA
ABER DAS IST SO UM-STÄNDLICH, NICHT WAHR?
AAH!
DESHALB HABEN WIR BESCHLOS-SEN, EUCH ZU „ZÜCHTEN".
RITSCH
FRÜHER NANNTEN UNS DIE MENSCHEN ...

SUKKUBUS

„MEIN TRAUM" ...
... VON: NITO.
MEIN TRAUM IST ES ...
EIN ENTFLO-HENER!
ER STIRBT GLEICH.
SCHAFFT IHN WEG.
... DIE UNTER-SUCHUNG ZU BESTEHEN UND RAUSZUKOMMEN.
NITO ...
WENN ICH DRAUSSEN BIN, WILL ICH DIESES LEBEWESEN NAMENS KATZE STREICHELN ...
MUSA-SHI ...
... LEUTE ...
LAUF WEG, NITO ...
... UND ETWAS ESSEN, DAS BROT HEISST.

MEINE UNTERSUCHUNGSERGEBNISSE SIND SCHLECHT ...
... DESHALB MUSS ICH MICH MEHR ANSTRENGEN ALS ANDERE ...
SRRT
SRRT
... UND MACH SEHR VIELE LIEGESTÜTZE ...
... DAMIT ICH IRGENDWANN ENTLASSEN WERDE.
HE ...
IM MOMENT KANN ICH MIT MEINEN FREUNDEN AUS DEM KRANKENHAUS ...
... NUR ÜBER UNSERE UNERFÜLLTEN TRÄUME REDEN ...
WAS ...?

... ABER IRGEND-WANN MÖCHTE ICH MIT IHNEN ÜBER UNSERE ERFÜLLTEN TRÄUME REDEN.
ICH ZEIG'S EUCH!
ICH WERDE DAS DING VON INNEN HERAUS ZERSTÖREN UND EUCH RETTEN!
MÄN-GEL-EXEM-PLAR!
WEG VON ...
... DEM EI!
FLUPP
スル

コポ
BLUB
ホ
BLUBB
シュッ
SCHHT
WAS GEHT HIER AB?
シュル
SLLP
UGH ...

LEUTE!
ICH HAB DOCH GESAGT, DU SOLLST WEGLAUFEN, NITO.
WARUM BIST DU GEKOMMEN?
NA JA ... IST ETWAS SCHWER, WEGZULAUFEN, WENN JEMAND DAS IN SO EINEM ZUSTAND ZU EINEM SAGT, ODER?
AUSSERDEM ...
... WOLLTEN WIR DOCH ALLE ZUSAMMEN RAUS.

LASS IHN. DAS IST TYPISCH NITO.
ER IST SO LEICHT REINZULEGEN ...
... NICHT BESONDERS CLEVER ...
... UND BELEGT IMMER DEN LETZTEN PLATZ BEI DER UNTERSUCHUNG.
ABER ER IST KEINER ...
... DER SICH SO LEICHT ZUM BRUTWIRT FÜR DIESE MONSTER MACHEN LÄSST, WAS?
BADUMM
ドッ
ク
ン
FRRR
しゅっ

NITO ...
... WEISST DU, WARUM WIR DICH GEFRAGT HABEN, OB DU MIT UNS FLIEHEN WILLST?
WARUM DENN?
WEIL DU UNS ...
... TRÄUME GESCHENKT HAST.

„HEY, KATZEN SOLLEN TOTAL FLAUSCHIG SEIN."
„ES GIBT DA ANSCHEINEND WAS ZU ESSEN, WAS MAN BURGER NENNT. DABEI KLEMMT MAN FLEISCH ZWISCHEN ZWEI BROTSCHEIBEN."
„DIE SOGENANNTE LIEBE SOLL SO SÜSS SEIN WIE SOGENANNTER HONIG."
WEIL DU DIE GANZE ZEIT ÜBER DIE WELT DRAUSSEN REDEST ...
... HABEN WIR AUCH GEDACHT, DAS KLINGT IRGENDWIE GUT. UND SO DENKEN VIELE VON UNS.
DESHALB HABEN WIR UNS BEI DEN UNTERSUCHUNGEN ANGESTRENGT.
LEUTE ...
NITO ...

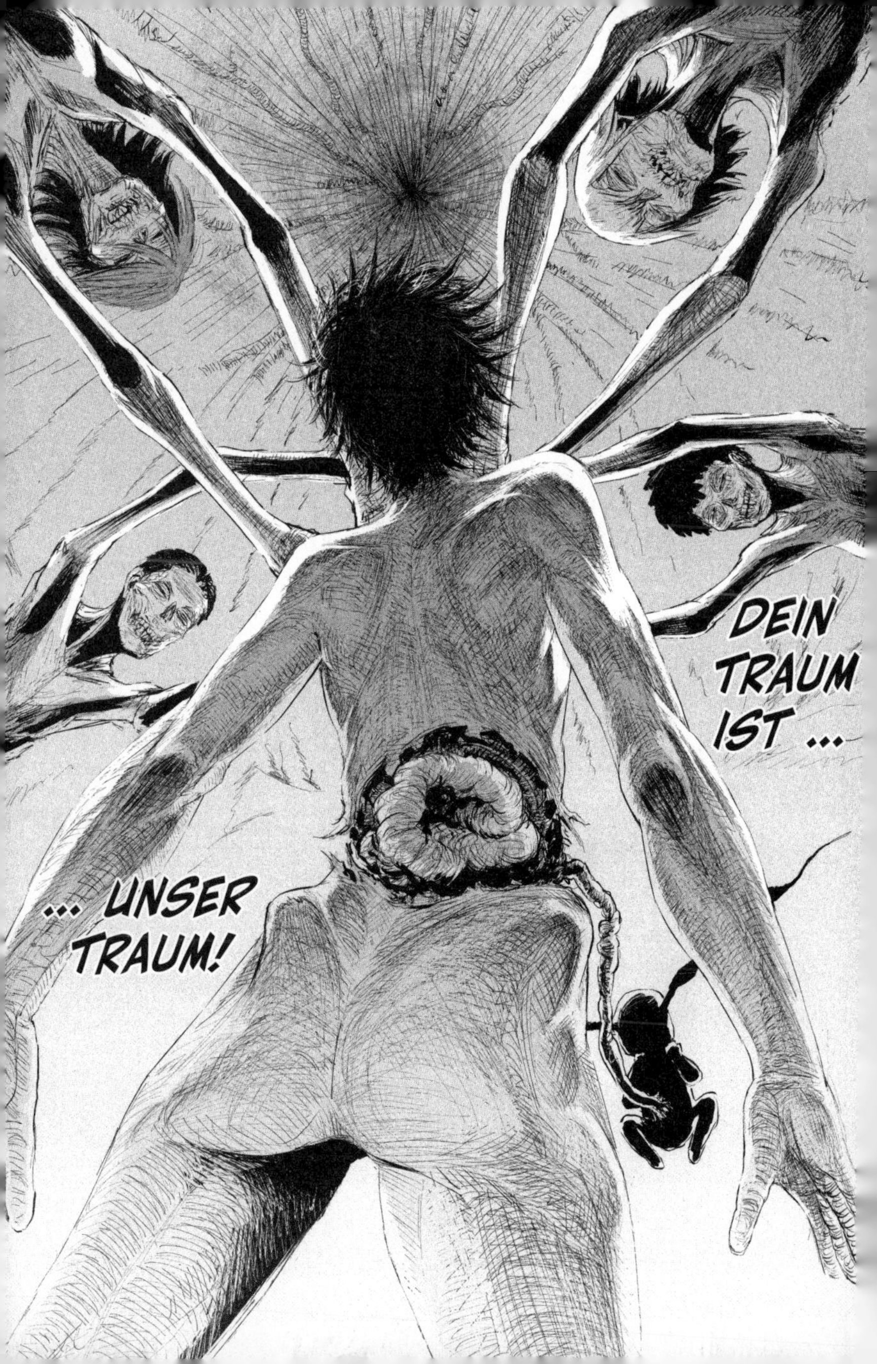
DEIN TRAUM IST ...
... UNSER TRAUM!

WEG VON ...
... DEM EI!
!!
ZACK
!!

TACK
SCHLLLLLLRR
UGH!
ZACK
WAS IST PASSIERT?!
EIGENTLICH HAB ICH'S JA SELBST GESEHEN!
AUS DEM EI KAM EINE HAND HERVORGESCHOSSEN ...
... UND ICH WURDE WEGGESCHLEUDERT.

HA?

EIN LOCH?!
WIE?
WAR DAS DAS KLEINE IM EI?
WAS FÜR EINE FANTASTI-SCHE KRAFT!
ABER VIEL WICHTIGER IST: ES IST GESCHLÜPFT!
WARUM HAT ES MICH AN-GEGRIFFEN?
NEIN ...
DAS IST ...
... VOLLKOM-MEN ...
... UNMÖG-LICH!

DER SUKKUBUS, DER MENSCHEN ALS BRUTWIRT NUTZT ...
... WURDE SELBST ZUM BRUTWIRT FÜR EINEN MENSCHEN?!
FÜR DIESES NUTZLOSE ...
... EXEMPLAR?!

WIR SIND KEINE BRUTWIR-TE.
MGGGH
AUS ...
SEINE KRAFT ÄHNELT MEINER.
ABER ...
... 5000 LIEGE-STÜTZEN ENTSTAND ...
... DIESE KRAFT!
... DIESE MUSKELMASSE IST VIEL ZU ABNORM!

NEH?

シュゥゥ
FSCHHH
TAUMEL
フラ・・・
ICH HAB GE-TRÄUMT.
WIE ICH MIT MEINEN FREUNDEN ...
... DRAUSSEN EIN NORMALES, GLÜCKLICHES LEBEN FÜHRE.

WAS WAR DAS FÜR EINE EXPLOSION?
SCHNELL, IN DEN BRUTRAUM!
ICH HÄTTE NICHT GEDACHT ...
... DASS DU ZURÜCKBLEIBEN WÜRDEST.
GUINNESS WORLD RECORDS 2020

HAPPY BIRTH-DAY!
WILL-KOMMEN ...
... IN DER WELT DER SUKKU-BEN!
KAPITEL 1 ENDE

DING DINGE-LING
SIND SUKKUBEN IM KRANKENHAUS?
WIE LÄUFT DIE VERDECKTE ERMITTLUNG, HIIRO?
… GAB ES EINE STÖRUNG UND ICH MUSSTE ABBRECHEN.
ALS ICH VERSUCHT HABE, TIEFER IN DIE EINRICHTUNG EINZUDRINGEN …
!
DAS KRANKENHAUS IST EINE EINRICHTUNG DER SUKKUBEN ZUR ANZUCHT VON EIERN.
NEIN …
KONNTEST DU NIEMANDEN ERMITTELN?

KAPITEL 2: TRÄUME ENTSTEHEN FÜR JEMANDEN

ALSO HAB ICH IHN MIT-GENOMMEN.
WO BIN ICH HIER?
BEVOR ICH OHNMÄCHTIG WURDE, WAR ICH IM KRAN-KENHAUS ...
WAS IST DAS? ICH KANN MICH NICHT BE-FREIEN!

ER IST ALSO BEI DIR?
GNNNH!
PLOCK
JA, ICH HAB IHN FIXIERT.
WOMM
DAS DÜRFTE GENÜGEN, UM EINEN GEWÖHNLICHEN SUKKUBUS BEWE-GUNGSUNFÄHIG ZU ...
HEY, WAS IST LOS?
ICH WERD ÄRGER MIT MEINEM VERMIE-TER KRIEGEN.

MIST!
ジュク
DSCHCK
DSCHCK ジュク
WAS IST MIT MEINEM KÖRPER PASSIERT?
UND WO BIN ICH ÜBER-HAUPT?
MIAU!

DAS IST JA EINE KATZE.
DANN BIN ICH ALSO ...

LEUTE!
ICH ...
... HAB'S ...
... ENDLICH NACH DRAUS-SEN GE-SCHAFFT!
EY, KATZE, WARTE!
HEY, DU! DIE AMPEL IST ROT!

HÄ? DIE AMPEL IST ROT? WAS HEISST'N D...
WOMM

ERNST-HAFT?!
DER IST PLÖTZLICH AUF DIE STRASSE GESPRUN-GEN!
OH GOTT! EIN UN-FALL?!
MIAU!
AUA ...
KNACK
KRICK
KRACK
KRACK
KRACK
KNACK
KRACK

Ein Zweitonner hat ihn voll erwischt!
Warum steht ihr alle um mich rum?
Wegen der Katze?
Warum ist er nicht tot?!
Ist das etwa ...
... ein Sukkubus?!
Hä?
Hä?
Spende für Sukkubus-Opfer-Waisen
Verständigt sofort die Behörde!
Ich wurde von einem Sukkubus angegriffen
Er läuft weg!

WAS IST LOS? WARUM SEHEN MICH ALLE AN ...
... ALS WÄR ICH EIN MONSTER?
WOAH!
MEIN KÖRPER HAT SICH REGENERIERT.
„EIN SUKKUBUS!“
WIE FÜHRT MAN ...
... EIN NORMALES LEBEN?
HE, DU!
ENTSCHULDIGE, ICH WOLLTE DICH NICHT ERSCHRECKEN.
MIR IST NUR DEINE KLEIDUNG AUFGEFALLEN.

HIER, FERTIG!
TOLL! WIE NEU!
MAN SIEHT ES MIR NICHT AN, ABER MEIN TRAUM WAR MAL, MODEDESIGNER ZU WERDEN.
MITTLERWEILE BIN ICH ALLERDINGS EIN EINFACHER BÜROANGESTELLTER.
ABER ICH ERTRAGE ES NICHT, WENN ICH JEMANDEN MIT ZERRISSENER KLEIDUNG SEHE.
OKAY, ICH GEH DANN MAL WIEDER.
WARTE!

ICH HATTE IMMER EINEN TRAUM.
ICH HATTE HILFE VON EIN PAAR LEUTEN ...
... UND HEUTE DACHTE ICH, DER TRAUM WÄR ENDLICH IN ERFÜLLUNG GEGANGEN.
ABER ...
... ES WAR ALLES GANZ ANDERS.
ES IST ALSO AUCH IN DER WELT DRAUS-SEN NICHT LEICHT ...
... SEINEN TRAUM ZU VERWIRKLI-CHEN.

WENN DU DEINEN EIGENEN TRAUM VERLOREN HAST ...
... KANNST DU ...
... EINEM ANDEREN BEI SEINEM HELFEN.
JEMANDEM BEI SEINEM TRAUM HELFEN?
FÜR MICH IST ES MEINE FAMILIE.
DANK DES GEDANKEN, DASS MEINE ARBEIT DIE TRÄUME ...
... MEINER KINDER UNTERSTÜTZEN WIRD ...
... KANN ICH MICH AUCH BEI UNANGENEHMEN AUFGABEN REINHÄNGEN.

DESHALB DENKE ICH, DASS ES NICHT UNBEDINGT ...
... DER EIGENE TRAUM SEIN MUSS, DER IN ERFÜLLUNG GEHT.
„NITO, DEIN TRAUM ...
... IST UNSER TRAUM."
ACH SO ...
DESHALB HABEN MUSASHI UND DIE ANDEREN ...
DANN WILL ICH AB JETZT AUCH SO LEBEN!
ACH JA? DAS FREUT MICH!

JETZT BIN ICH ...
... BERUHIGT, ABER HUNGRIG.
KNURR
DU HAST DICH MIR ANVERTRAUT.
DA MUSS ICH DICH DOCH ZUM ESSEN EINLADEN.
WENN DU MAGST ...
... KANNST DU BEI UNS ZU ABEND ESSEN. WAS MEINST DU?
WAS?! DARF ICH?!
BITTE, KOMM REIN.
ICH HAB NOCH NIE BEI JEMANDEM ZU HAUSE GEGESSEN.
DAS HEISST „DINNER-CRASHING“, HAB ICH GEHÖRT.
WAS? KANN SEIN ...
ALSO, FÜHL DICH WIE ZU HAUSE.

OKAY!

HÄ?
I...I... IST DAS ...?
...
HÄ?
HÄ?
HÄ?
HÄ?

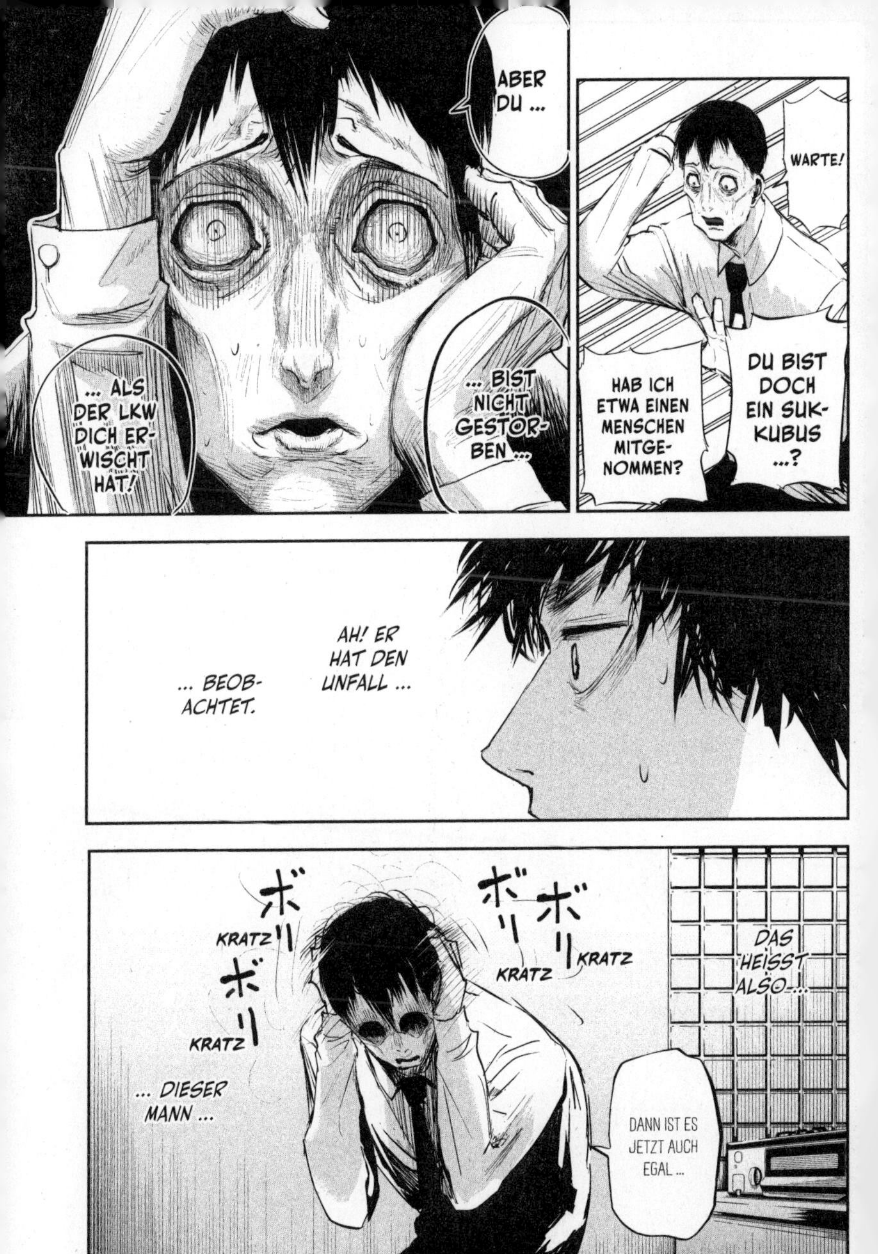
WARTE!
DU BIST DOCH EIN SUKKUBUS ...?
HAB ICH ETWA EINEN MENSCHEN MITGENOMMEN?
ABER DU ...
... BIST NICHT GESTORBEN ...
... ALS DER LKW DICH ERWISCHT HAT!
AH! ER HAT DEN UNFALL ...
... BEOBACHTET.
DAS HEISST ALSO ...
ボリ
KRATZ
ボリ
KRATZ
ボリ
KRATZ
ボリ
KRATZ
... DIESER MANN ...
DANN IST ES JETZT AUCH EGAL ...

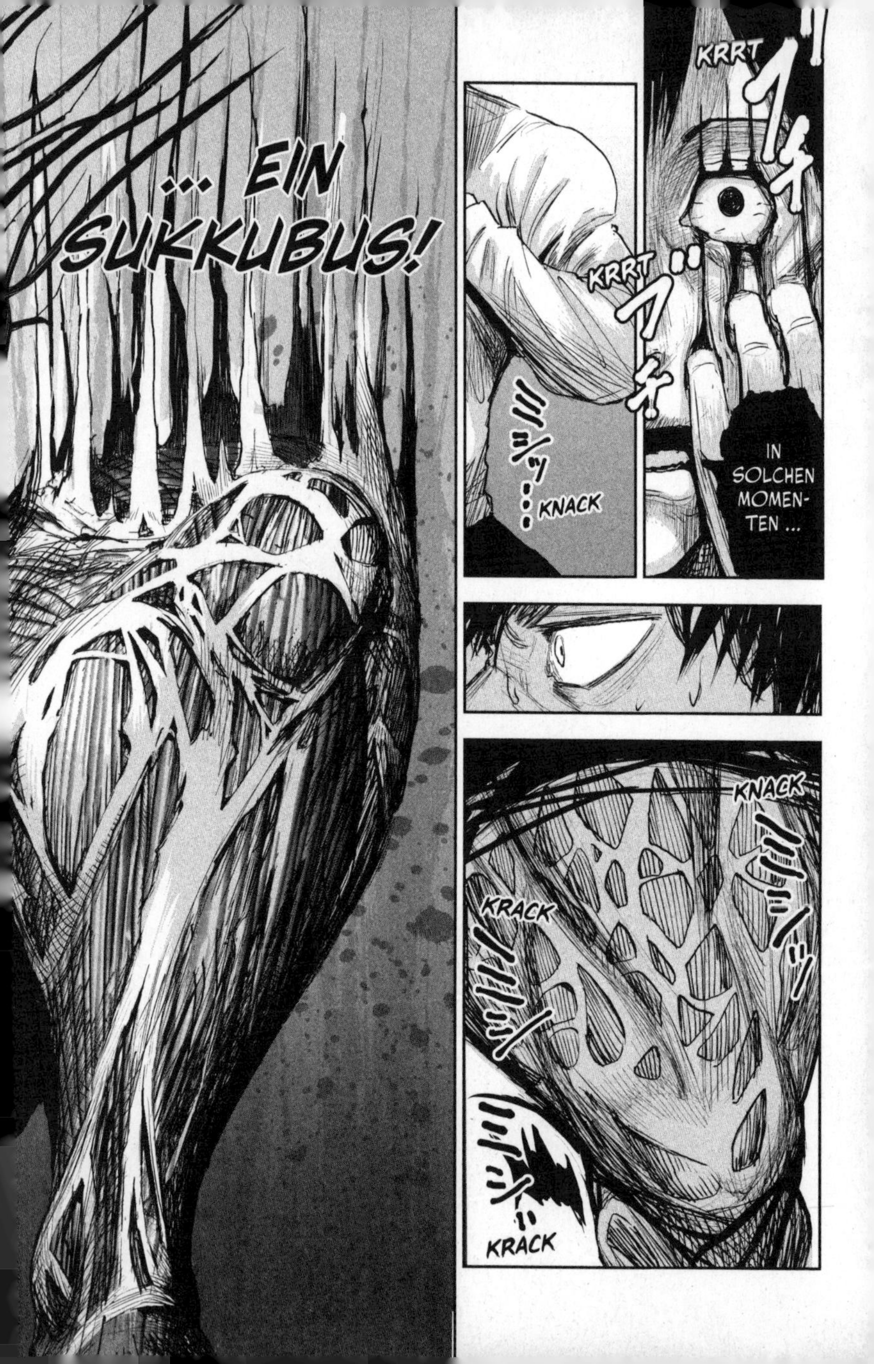
KRRT
KRRT
IN SOLCHEN MOMENTEN ...
KNACK
KNACK
KRACK
KRACK
... EIN SUKKUBUS!

... TÖTE ICH!

WOMM
HURGH!
D... DU BIST ...
... DIE NEUE KRANKEN-SCHWES-TER!

EY! DAS WAR NICHT NETT ...
... OHNE EIN WORT ABZUHAUEN ...
... UND EIN RIESENLOCH ...
... IN MEINER WOHNUNG ZU HINTERLASSEN ...
... UND AUCH NOCH MEIN LIEBLINGS-SHIRT ZU KLAUEN ...
... UND ZU RUINIEREN!
TUT MIR LEID ...
DAS UNANGENEHMSTE IST ...
... DER SUKKUBUS, DEM DU BEGEGNET BIST.

ER IST BEKANNT UNTER DEM NAMEN ...
... DRESSER ...
... UND ER IST DER BLUTRÜNS-TIGSTE SUKKUBUS ...
... IN DER GANZEN GEGEND!

WOCK
ドガ
WACK
DAS WAR DIE REVANCHE.

SIE KANNTE MEINEN NAMEN.
OFFENBAR IST SIE VON DER BEHÖRDE.
DANN BIST DU DAS ALSO ...
DU ...
DER BRUTWIRT, DER AUS DER EINRICHTUNG GEFLOHEN IST.
ECHT SCHADE!
DABEI DACHTE ICH, ICH KÖNNTE EIN GUTER MENTOR FÜR DICH WERDEN.
KAPITEL 2 ENDE

IM KRANKENHAUS GAB'S IMMER NUR BREI, DER AUS SCHLÄUCHEN KAM.
DESHALB HATTE ICH MICH AUF ...
... EIN NORMALES HAUS UND ...
... NORMALES ESSEN GEFREUT.
ES IST SO LAUT NEBENAN.
SO ...
WAS IST DA LOS?

... HATTE ICH MIR DAS ...
... NICHT VORGE- STELLT ...
WOMM
KAPITEL 3: BEHARRLICHKEIT, DIE ÜBERS WASSER RENNT

GAH!
EIN KRANKEN-WAGEN, SCHNELL!
DA HATTE ICH ENDLICH EINE NEUE WOHNUNG GEFUNDEN ...
ICH WOLLTE DOCH EIGENT-LICH ...
... MIT DIESEM MANN UND SEINER FAMI-LIE ...
... GANZ NOR-MAL ZU ABEND ESSEN.
... UND JETZT MUSS ICH WIEDER UMZIEHEN.

ICH HAB KEINEN HUNGER MEHR, KANN ICH GEHEN?
!
LAUF NICHT WEG, DU IDIOT!
S... SIE LEBT!
EIN SUKKUBUS! SCHNELL WEG HIER!
DRAUS-SEN STIRBST DU ERST RECHT!
KRRK
パラ
パラ
KRRK
OHA!
DU LEBST NOCH, TROTZ ...
... MEINES TRITTS?
ALSO ICH WERD DAS GEFÜHL NICHT LOS, DASS ICH EHER STERB, WENN ICH HIER BLEIBE.

DRAUSSEN AUF DEM HARTEN ASPHALT ...
... WIRD DICH DRESSER MIT SEINER BEIN-KRAFT ...
... SUPER EASY KRIEGEN UND UMBRINGEN.
ARSCH-FALT?
DER BODEN ...
SIEHST DU DIE LÖCHER?
DIE SIND ENTSTANDEN, WEIL ER DER WUCHT SEINER TRITTE NICHT STANDGEHALTEN HAT.
DER FUSSBO-DEN DIESER SCHÄBIGEN WOHNUNG ...
... SCHWÄCHT ALSO DIE STÄRKE SEINER TRITTE AB.
HAT SIE DESHALB GE-WARTET, BIS ICH IN DER WOHNUNG WAR?
SIE HAT KAMPFER-FAHRUNG.

MIT ANDEREN WORTEN, DIESE SITU-ATION ...
KRICK
... IST FÜR DRES-SER SO ...
... ALS WÜRDE ER AUF SEHR DÜNNEN ...
TAPP
TAPP
... PAPIER-SCHIEBETÜREN KÄMPFEN.

RIESEL
ツー
GENAU DIE RICHTIGE BLUTMENGE ...
ICH HAB ...
パキ
KNACK
パキ
KNACK
パキ
KNACK
... DEN VORTEIL AUF MEINER SEITE.
BLUTKUNST ERÖFFNUNG!
FEUERFALTER DER ROTEN BLUME!

SIE IST AUCH ...
DAMM
GNH
KRACK
!!
... EIN SUK-KUFF!
WONK
MEINE ANGRIFFE HABEN NICHT DIESELBE STÄRKE WIE DIE EINES ...
... MUSKEL-VERSTÄRKTEN SUKKUBUS.
ABER ...

DOMM
DOMM
... ICH KANN DICH MIT DER ZAHL ...
DOMM
DOMM
DOMM
... MEINER ANGRIFFE FERTIGMACHEN.
WIE, SIE IST AUCH EIN SUKKUBUS?
DANN MUSS ICH SOWIESO WEG HIER, SONST GEH ICH DRAUF ...
„LAUF WEG ...
... NITO!“

FEUERFALTER DER ROTEN BLUME ...
... ERHIELT SEINEN NAMEN VON DEN ROTEN FÄUSTEN ...
... DIE WIE ZWEI BLÜTEN AUSSEHEN ...
WACK
WACK
WACK
WACK
WACK
WACK
... UND DEN FLEISCHFETZEN, IN DIE SIE DEN KÖRPER DES GEGNERS ZERHÄCKSELN ...
... UND DIE WIE SCHMETTERLINGE DURCH DIE LUFT FLIEGEN.
DIE LEBHAFTIGKEIT DER UMHERFLATTERNDEN FEUERFALTER ...
... UND DAS WUNDERSCHÖNE, TIEFE ROT ...
WOCK

...KÜNDI-
GEN DAS ...
WOMM
... DUNKLE
GRAU DER
NIEDERLAGE
AN.

EIN TRITT MIT VOLLER KRAFT!
IN DIESEM SCHÄBIGEN HOLZBAU ...
... SOLLTE ES KEINEN PLATZ GEBEN, WO ER FESTEN STAND HAT!
WORAUF STEHT ER?!
AUF DEM WASSER IN DER BADE-WANNE?!
VOR 15 JAHREN ...
... STAND DRESSER ALIAS SHOICHI TAKAHASHI (SO SEIN ECH-TER NAME) ...

... AM SCHEIDE-WEG SEINES LEBENS.
ZIELORT
STANDORT
IN FÜNF MINUTEN WÄRE SEIN VORSTEL-LUNGSGESPRÄCH FÜR DEN WECHSEL ZU SEINEM TRAUM-BERUF MODEDESI-GNER.
ABER ER WÜRDE ES AUF KEINEN FALL PÜNKTLICH SCHAFFEN.
ER WAR SPÄT DRAN, WEIL ER SICH IN SEINEM GEGENWÄR-TIGEN JOB NICHT HATTE FREINEHMEN KÖNNEN.
FLOMP
DER BROT-JOB HATTE PRIORITÄT.
FÜR SEINE FAMILIE UND FÜR DEREN SI-CHERHEIT HÄTTE ER EIGENTLICH SEINEN TRAUM AUFGEBEN MÜSSEN, DARAN WAR NICHTS ZU ÄNDERN.

ABER
DRESSER ...

... GIBT NICHT AUF!
WASSER IST FLÜSSIG, DESHALB KANN MAN ES NICHT FESTHALTEN. DENNOCH ...
40 M
... IST DER AUFPRALL TÖDLICH, WENN MAN AUS 40 METERN HÖHE HINEIN-SPRINGT.
SELBST EINE KUGEL, DIE EIN HOLZ-BRETT OHNE SCHWIERIGKEI-TEN DURCH-SCHLÄGT ...
... WIRD VON DER WASSEROBERFLÄ-CHE ZERSCHMET-TERT, OHNE AUCH NUR EIN PAAR ZENTIMETER EINZUDRINGEN.

ES GEHT ALSO UM SCHNELLIG-KEIT.
SCHNELLIGKEIT VERWANDELT WASSER QUASI IN ASPHALT.
DRESSER ...
... LIEF EINFACH NUR ...
... SEHR SCHNELL ÜBER DIE WASSEROBER-FLÄCHE.
WAS HIIRO NICHT BEDACHT HATTE ...
... WAR ...
WACK

... WIE BESESSEN ER ...
... VON SEINEM TRAUM IST!
ICH BIN DAMALS ÜBERS WASSER GELAUFEN ...
... UND PÜNKTLICH ZU MEINEM VORSTELLUNGSGESPRÄCH ...
... FÜR DEN JOB ALS MODEDESIGNER GEKOMMEN, WAS EIGENTLICH UNMÖGLICH WAR.
TROTZDEM WURDE ICH NICHT GENOMMEN.
HÄTTE ICH DAMALS NUR NICHT DIESEN DRINGENDEN AUFTRAG GEHABT!
WACK
WACK
IMMER KOMMT MIR WAS IN DIE QUERE!
WACK
WACK

TU DIES ...!
WAMM
WAMM
WAMM
WAMM
TU DAS!
ICH GEBE!
MEINEN TRAUM!
NICHT AUF!

DU BIST DER NÄCHS-TE.
DU ...
... SETZT DEIN LEBEN DAFÜR AUFS SPIEL, DEINEN TRAUM ZU VERWIRKLI-CHEN.
AUCH SIE HABEN IHR LEBEN FÜR IHREN TRAUM RISKIERT.
ICH HATTE ABER NOCH KEINE MÖG-LICHKEIT, EINE KATZE ZU STREICHELN.
UND ICH HAB AUCH NOCH NICHT DAS ESSEN EINER NOR-MALEN FAMILIE GEGESSEN.
DABEI HABEN SIE MIR IHREN TRAUM ANVER-TRAUT!
RATSCH
RATSCH

KAPITEL 3 ENDE

KAPITEL 4: DAS LEBEN VERWETTEN

ICH HATTE BE-
SCHLOSSEN,
KEINE FAMILIE
ZU GRÜNDEN
...
ALSO, ICH HAB NOCH WAS VOR, ICH GEH DANN.
... BIS ICH MEINEN TRAUMBERUF MODEDESIGNER AUSÜBEN KÖNNTE.
TA-KAHASHI ...
... DU BIST IMMER NOCH ALLEINSTEHEND, RICHTIG?
HIER, EIN BRUTWIRT. MACH KINDER.
STARKE SUKKUBEN HABEN DIE VERPFLICHTUNG, IHRE GENE WEITERZUGEBEN.
HIEK!
IRGEND-WANN ...
... REDETE ICH NUR NOCH IN DER VERGANGENHEITSFORM VON MEINEM TRAUM.

WAS MURMELST DU DA?
ICH HAB VIEL ZU TUN. ICH MUSS MIR EIN ABENDESSEN UND EINE KATZE SUCHEN.
LASS UNS DAS HIER SCHNELL BEENDEN.
DEIN BLICK ÄHNELT MEINEM VON DAMALS.
ICH HAB STUR MEINEN TRAUM VERFOLGT.
?
ES DAUERTE NICHT LANG, DA ...
... HATTE ICH MIR ANGEWÖHNT, MEINE FAMILIE ALS AUSREDE ZU BENUTZEN.

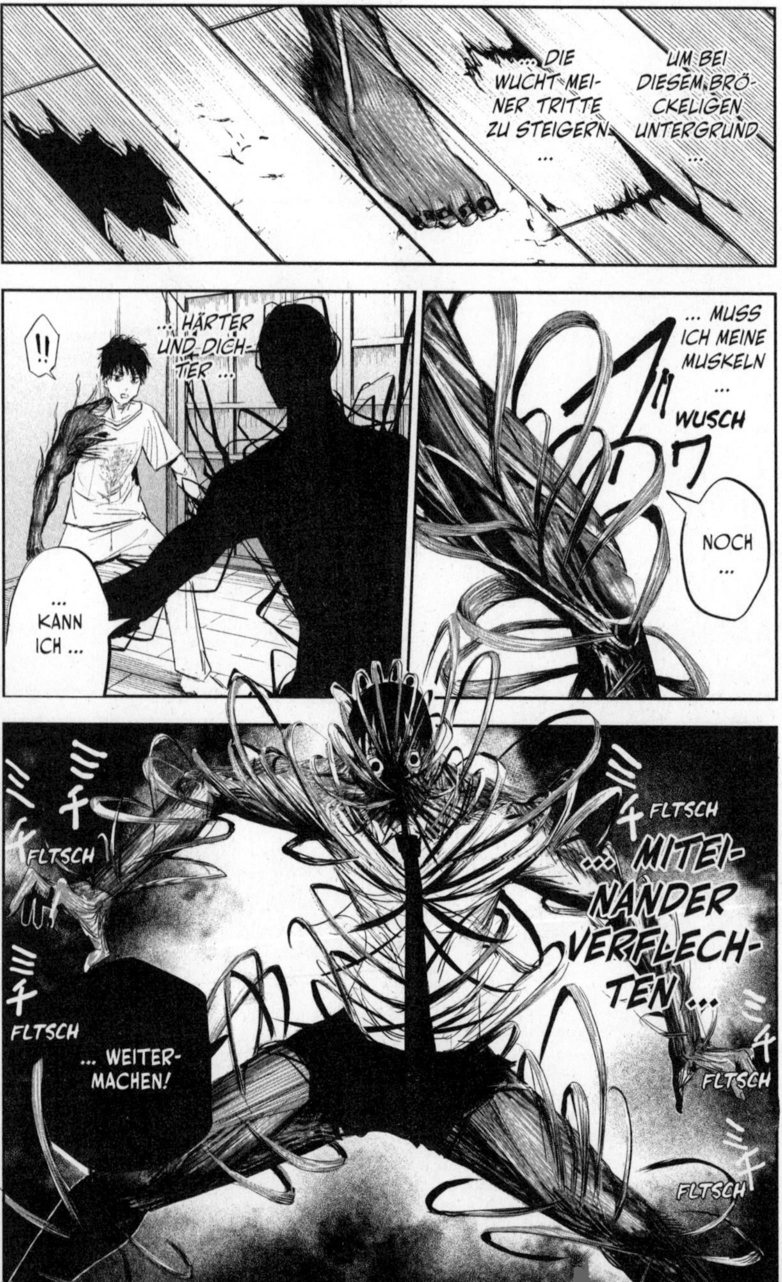
UM BEI DIESEM BRÖCKELIGEN UNTERGRUND ...
... DIE WUCHT MEINER TRITTE ZU STEIGERN ...
... MUSS ICH MEINE MUSKELN ...
WUSCH
NOCH ...
... HÄRTER UND DICHTER ...
!!
... KANN ICH ...
FLTSCH
... MITEINANDER VERFLECHTEN ...
FLTSCH
FLTSCH
FLTSCH
FLTSCH
... WEITERMACHEN!

IST DAS AUCH ...
... SO EIN SUKKUBUS-ZEUG?
WENN DIESER KAMPF VORBEI IST ...
... WERDE ICH EIN OUTFIT SCHNEIDERN.
MEINE LEI-DENSCHAFT WURDE ...
... NEU ENTFACHT.

MUSKEL-
...
ES WIRD DEFINITIV EIN MEIS-TERWERK.
... RÜSTUNG!

DANKE, DASS DU MICH ERINNERT UND INSPIRIERT HAST.
... DASS ICH DIR ...
... MEIN FANTASTISCHES OUTFIT NICHT ZEIGEN KANN.
ZUM DANK ...
... MACH ICH'S SCHNELL.
EH, MOMENT! ES WAR NICHT ABGEMACHT, DASS DU SO GRUSELIG WIRST!
KANN ICH NICHT DOCH LIEBER GEHEN?
NEIN. ICH TÖTE DICH.
SCHADE ...

NA GUT, DANN NICHT. KOMM HER!
TAPP
KNACK
!
ER SPRINGT!
WARUM?

JA, ICH HAB DASSELBE PROBLEM WIE DER JUNGE, NÄMLICH KEINEN FESTEN STAND AUF DIESEM HOLZBODEN.
ABER ICH BRAUCH JA ...
... NICHT UNBEDINGT DEN BODEN.
WOCK
DA OBEN IST AUCH EIN BAD!
1. STOCK
DA UM DIESE ZEIT DAS WARME WASSER IMMER SEHR SPÄRLICH AUS DER LEITUNG KOMMT ...
... WEISS ICH, DASS SIE ÜBER MIR WASSER IN DIE BADEWANNE LAUFEN LASSEN.
ERDGESCHOSS
HEUTE DANKE ICH EUCH MAL DAFÜR.

HOCHGESCHWIN-DIGKEITS...
...WASSER-TRITT!
WOCK
DAS HIER IST MEIN ...
... HÄRTES-TER KICK!
NA, DANN ...

... SCHLAG ICH ...
... AUCH RICHTIG ZU!
WOOONK
BLORP
WIE VIELE MENSCHEN HAST DU AB- SORBIERT?!
BLORP
GGH!
SEINE KRAFT IST MEINER MUSKELRÜS- TUNG EBENBÜRTIG ... NEIN, SIE ÜBERTRIFFT SIE SOGAR!

BLORP
BLORP
BLORP
BLORP
BLORP
ABSOR-
BIERT?
MEINE
FREUN-
DE ...
... HABEN
MIR NUR IH-
REN TRAUM
GEGEBEN!
SEINE
KRAFT
NIMMT
IMMER
NOCH
ZU!
ABER DER
MARODE
FUSSBO-
DEN BRICHT.
KNACK
ICH
HAB ...
... GE-
WONNEN.

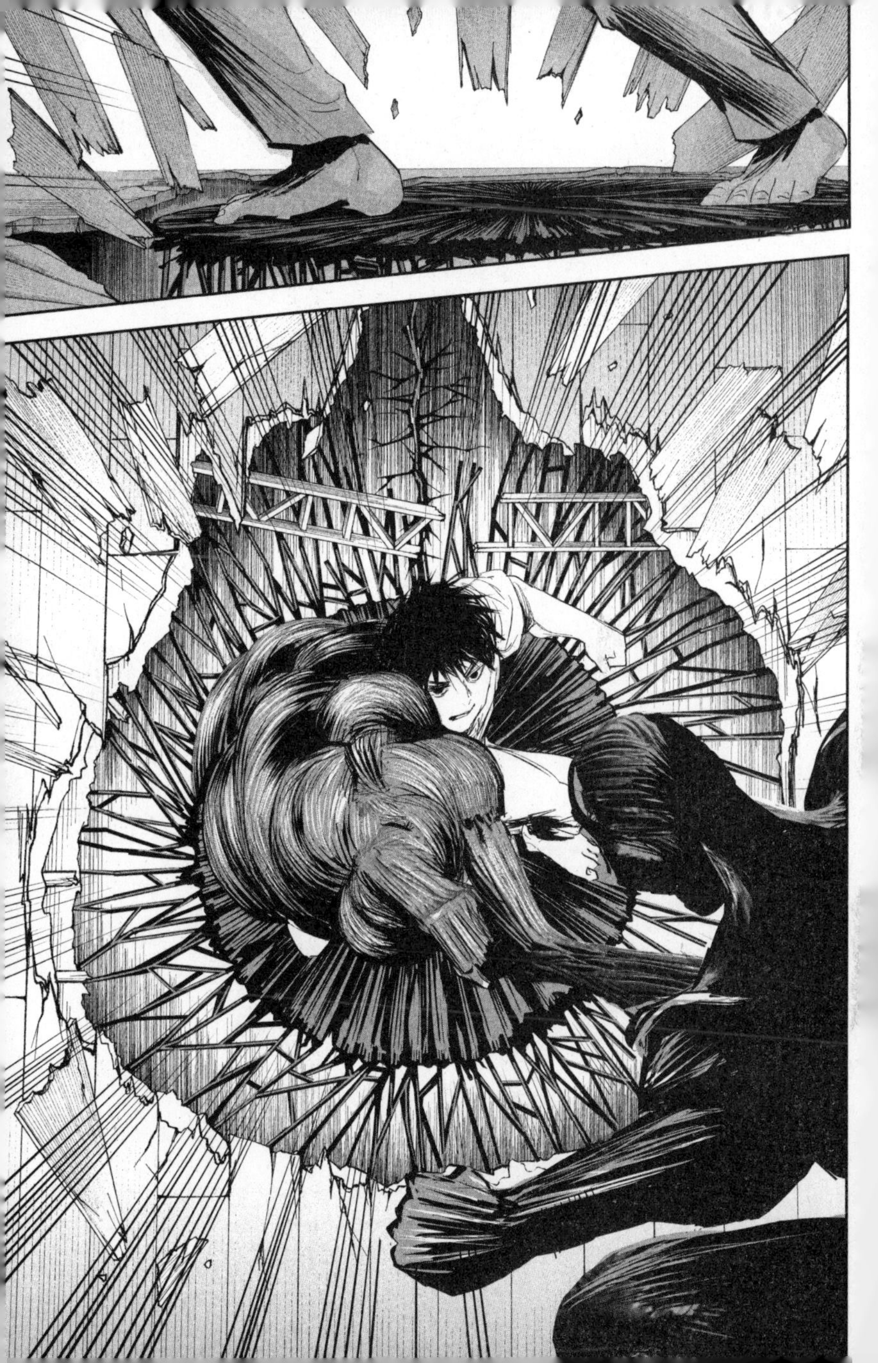

UNTER DEM FUSSBODEN SIND STÜTZPFEILER AUS BLUT!
KNACK
BLUTKLUMPEN?
NITO, BLEIB GENAU DA STEHEN ...
... UND SCHLAG MIT ALLER KRAFT ZU!
BLUTKUNST KLIMAXSTUFE!
ROTES WACHS!
DAMIT WOLLT ICH IHN FESSELN ...
JETZT IST ES DEIN TRITTBRETT.
DIESE FRAU ...
FESTER GRUND EIGNET SICH LOGISCHERWEISE VIEL BESSER ZUM DRAUFTRETEN ALS WASSER.
DUMMKOPF!
... LEBT IMMER NOCH?!

ICH ...
... WERD IHREN TRAUM ERFÜL-LEN!
BOFF !!

NORMALERWEISE PASSIEREN MIR SOLCHE FEHLER NICHT.
IN DEM GANZEN CHAOS ...
... HAB ICH GANZ VERGESSEN ZU PRÜFEN, OB DIESES MÄDCHEN TOT IST.
„SIE SIND IN LETZTER ZEIT NOCH EINMAL STÄRKER GEWORDEN, HERR TAKAHASHI.
SIE SIND SO MUTIG UND TROTZDEM UMSICHTIG."
„TJA, KEIN WUNDER. SOBALD MAN WAS HAT, DAS MAN BESCHÜTZEN WILL, STIRBT MAN NICHT MEHR SO EINFACH."
APROPOS ...
... ICH KANN MICH TATSÄCHLICH BEI DER ARBEIT ERST SO RICHTIG REINHÄNGEN ...
... SEIT ICH EINE FAMILIE HAB.

AUCH WENN MEIN TRAUM NICHT IN ERFÜLLUNG GING ...
ICH WAR ... GLÜCKLICH ...
IRGEND-WANN WIRST DU AUCH ...
RAUN RAUN
ザワ ザワ
SIE HABEN GESAGT, EIN SUK-KUBUS SEI IN IHRER WOHNUNG AUFGE-TAUCHT!
WO BLEIBT DENN DIE BEHÖR-DE?!
JEMAND IST DURCH DIE WAND GE-KRACHT!
M... MEINE BADEWAN-NE ...
TRETEN SIE BITTE ZU-RÜCK.
WIR REGELN DAS HIER.

D... DIESE ANZÜGE ...
JA, DAS SIND ...
HIIRO IST ALSO HIER?
... LEUTE VON DER SICHERHEITSBEHÖRDE ZUR SUKKUBUSBEKÄMPFUNG.
BESSER BEKANNT ALS „MARTHA“.
KAPITEL 4 ENDE

AUA!
KAPITEL 5: UNSCHULDIGER SAMEN

SAG MAL ...
... WAS WIRD JETZT EIGENTLICH AUS MIR?

KEINE AHNUNG ...
DAS ENTSCHEIDEN DIE BOSSE DER BEHÖRDE.
LAUF NICHT MEHR WEG, OKAY?
DU MUSST DOCH BEGRIFFEN HABEN ...
... WIE DU IN DIESER WELT BEHANDELT WIRST, WEIL KEINER WEISS, OB DU EIN SUKKUBUS ODER EIN MENSCH BIST.
KNACK
KRACK
KNACK
„EIN SUKKUBUS!"
„ICH TÖTE DICH!"
ICH LAUF NICHT MEHR WEG.
OKAY, UND DIESE FRAU, DIE ZUM BRUTWIRT GEMACHT WURDE, WAS PASSIERT MIT IHR?

MENSCHEN, DIE ALS BRUTWIRT DIENEN, KANN MAN NICHT RETTEN.
DANN ... DANN ...
... WIRD DAS SUKKU-BUSKIND ...
DING DONG
ガチャ
KLACK
GUTEN TAG.
WIR SIND VON MARTHA.

DRESSER IDENTIFIZIERT.
OFFENBAR IM KAMPF GESTORBEN.
HIIRO SCHWER VERLETZT.
BRUTWIRT ENTDECKT.
SUKKUBUS WIRD BESEITIGT.
ÄH, HALT MAL!
DIESE PERSON IST NICHT MEHR ZU RETTEN, ODER?
DANN MUSS MAN DOCH DAS KIND IN IHR NICHT TÖTEN, ODER?

BESTÄTIGE ANWESENHEIT DER PERSON MIT UNKLARER ZUGEHÖRIG-KEIT.
EY, HÖR MIR GE-FÄLLIGST ZU!
STIRB, SUKKUBUS.
MMMHICH ...
... GEB MEINE FAMILIE ...

... NICHT AUF!
KRTZZZZ
ZERSTÖ-RUNGS...
...STUFE ...

... BLUT-
GRABMAL!
SCHT
SLLCK
ズル…
ABER ...

TONK
TONK
!!
TONK
TONK
DAS WAR OVER-KILL.
ICH HAB DOCH GESAGT, IHR SOLLT EUER BLUT NICHT VERSCHWEN-DEN.
ABER SIE WURDEN ANGEGRIF-FEN, DA DACHTEN WIR, WIR HELFEN IHNEN, TRUPPENFÜH-RER KUROGANE.
SIE ATTA-CKIEREN ZU SCHNELL, BOSS.
KATEGO-RIE-B-SUK-KUBUS DRESSER.
ES IST EIN WUNDER, DASS HIIRO IHN BESIEGEN KONNTE.

IHR BESEITIGT DEN BRUTWIRT.
JAWOHL, SIR!
NEIN, WARTET DOCH!
ES HAT IHM UNHEIMLICH VIEL BEDEU-TET!
HÄ? WER IST DENN DAS?
EIN MENSCH?
WARUM HAT ER EINEN SUKKU-BUSARM?
DIE ARME.
UND DANN HAT ER IHR NOCH DIESE GESCHMACK-LOSEN KLAMOTTEN ANGEZOGEN.
KRRRACK
SUK-KUBEN HABEN ...
... KEIN RECHT ZU LEBEN!

PTSCH
„WENN DU DEINEN EIGENEN TRAUM VERLOREN HAST ...
... KANNST DU ...
... EINEM ANDEREN BEI SEINEM HELFEN."
FLOMP
ドロッ
SEIN TRAUM ...

ICH WERD DIR MAL WAS ERKLÄREN.
AN 95 % ALLER MORD- UND VERMISSTENFÄLLE IN DIESEM LAND SIND SUKKUBEN BETEILIGT.
UNSERE AUFGA-BE BEI MARTHA IST, MÖGLICHST VIELE SUKKUBEN ZU TÖTEN UND MÖGLICHST VIELE MENSCHEN ZU RETTEN.
JEDE EINZELNE DIESER KREATUREN IST EIN POTEN-ZIELLER MÖRDER.
DESHALB TÖTEN WIR SIE, BEVOR SIE GEBOREN WERDEN.

IST DAS WIRKLICH SO?
IHR WISST DOCH GAR NICHT, OB ALLE KINDER ...
... DIE GEBOREN WERDEN, MENSCHEN ANGREIFEN WERDEN SO WIE ER.
IST ES TROTZDEM IN ORDNUNG FÜR EUCH, SEINEN TRAUM ZU TÖTEN?
NACH DEM, WAS HIIRO UNS GESAGT HAT ...
グググ
GNNNH
... BIST DU EIN MENSCH, DER URSPRÜNGLICH IN DER EINRICHTUNG ALS BRUTWIRT VORGESEHEN WAR UND DORT SELBST VON DENEN MISSHANDELT WURDE.
JA, SIE HABEN MEINE FREUNDE GETÖTET ...
... UND ICH HASSE DIE LEUTE IN DER EINRICHTUNG.

ABER DAS ...
GNNH
... KIND HIER HAT DAMIT NICHTS ZU TUN.
DRRR
PATT
BLUTKUNST ... KLIMAX-STUFE.
JA.

KRACK
ROTES WACHS!
WAS, SCHON WIEDER?!
WACK
MACH DAS AB!
FLATSCH
WORUM GING ES VORHIN IN DEM GE-SPRÄCH?
WIR NEHMEN IHN MIT INS MARTHA-HAUPT-QUARTIER.

ER WIRD ...
... OFFIZIELL HINGERICHTET.
„IST ES WIRKLICH IN ORDNUNG, ES ZU TÖTEN?"
ALS OB ...
... ICH DAS WÜSSTE, IDIOT!

WO BIN ICH …?
IM KELLER DES MARTHA-HAUPTQUARTIERS. DIES IST DEINE TODESZELLE.
SIE WIRD NORMALERWEISE ZUM FOLTERN VON SUKKUBEN BENUTZT.
DU DARFST DEINEN LETZTEN WILLEN AUFSCHREIBEN.
FALLS DU ÜBERHAUPT FAMILIE ODER FREUNDE HAST, DENEN DU NOCH ETWAS SAGEN WILLST.

FAMILIE ...
SIE KOMMT.
DIE UNTERSUCHUNG HAT DICH ALS KATEGORIE-A-SUKKUBUS EINGESTUFT.
DIE DIREKTORIN DES MARTHA-HAUPTQUARTIERS WIRD GLEICH ...
... DEINE HINRICHTUNG VOLLZIEHEN.

HIER IST ER.
ÜBERALL ZETTEL ...
GEHÖRT DAS ALLES ZU DEINEM LETZTEN WILLEN?
KATZE
KATZE?

KATZE STREICHELN.
ZUG FAHREN.
NACH HAWAII REISEN.
SCHOKOLADE ESSEN.
NORMALES ESSEN PROBIEREN.
KREBS ESSEN.
IN EINER EINZIMMERWOHNUNG WOHNEN.
IN EINE BAR GEHEN.
IM HOCHHAUS WOHNEN.
BITTERSÜSSE LIEBE ERLEBEN.
ANS MEER FAHREN.
ANIME GUCKEN.
GROSSE PORTION REISBOWL MIT RINDFLEISCH ESSEN.
YAKINIKU* UND JEMAND ANDERS BEZAHLT.
MIT MEINER FREUNDIN ZUSAMMENWOHNEN.
HEIRATEN.
MIT DEM FLUGZEUG FLIEGEN.
NAGASHISOMEN** ESSEN.
BURGER ESSEN.
FRÜHSTÜCKSBÜFFET ESSEN.
BUS FAHREN.
MANGA LESEN.
IN DEN ZOO GEHEN.
CHIPS MIT NORI UND SALZ.
**KALTE WEISSE NUDELN, DIE EINE BAMBUSRUTSCHE HINUNTERRUTSCHEN.
*JAP. GRILLFLEISCH.

BERGSTEIGEN.
MANGA LESEN.
IN EIN FAST-FOOD-RESTAURANT GEHEN.
JOBBEN.
ANGELN.
MIT FREUNDEN ZELTEN GEHEN.
IN EINER HÄNGEMATTE SCHLAFEN.
IN EINE REICHE FAMILIE EINHEIRATEN.
SUSHI NICHT VOM FLIESSBAND ESSEN.
FAHRRAD FAHREN.
YAKISOBA UND BROT AUF DER DACHTERRASSE.
COLA TRINKEN.
KINDER MACHEN.
IN EINEN SUPERMARKT GEHEN.
SUSHI VOM FLIESSBAND ESSEN.
EINEN PORSCHE KAUFEN.
INS FITNESS-STUDIO GEHEN.
SNACKS KAUFEN FÜR EINE PYJAMAPARTY.
WAS IST MIT DEM KERL?
REZITIERT ER ALLE ZETTEL, DIE AUF DEM BODEN LIEGEN?

DAS SIND DIE DINGE ...
... DIE MEINE TOTEN FREUNDE UND ICH MACHEN WOLLTEN, NACHDEM WIR AUS DEM KRANKENHAUS RAUS GEWESEN WÄREN!
WIR HABEN JEDEN TAG DARÜBER GESPROCHEN.
DESHALB ERINNERE ICH MICH AN ALLES.
ICH BIN DIESEM MANN BEGEGNET ...
... UND HAB ERFAHREN, DASS MAN SEIN LEBEN EINSETZEN MUSS, UM SEINEN TRAUM ZU VERWIRKLICHEN.
WENN ICH MEIN LEBEN OHNEHIN RISKIEREN MUSS ...
... DANN WILL ICH WENIGSTENS VOR MEINEM TOD ALLES TUN, WOVON MEINE FREUNDE UND ICH GETRÄUMT HABEN!

DESHALB KANN ICH JETZT NOCH NICHT STER-BEN.
OKAY!
ALSO, KÖNNT IHR DAS MIT DER HINRICHTUNG ...
... NICHT EINFACH LASSEN?
...
HÄ?
KAPITEL 5 ENDE

KAPITEL 6: SOLDATENGELÜBDE
KANTINE
HÄ ... SOLLTE ICH ...
... NICHT GRADE NOCH HINGERICHTET WERDEN?
NOCH EINEN MOMENT, JA?
IST GLEICH FERTIG.

WIE IST ES JETZT DAZU GEKOMMEN?!
ENT-SCHULDIGE.
WARST DU NICHT NERVÖS ...
... DASS DU VIELLEICHT GETÖTET WIRST?
YUTO ... TRUPPENFÜHRER KUROGANE WILL IMMER GLEICH ALLE UMBRINGEN, WEISST DU.
EHRLICH GESAGT KOCHE ICH LIEBER, ALS LEUTE UMZU-BRINGEN.
ICH BRINGE OFT ESSEN MIT ...
... DESHALB DENKEN NEU-LINGE, ICH SEI KANTINENANGE-STELLTE.
ÄHM ... DAS IST DIE ... DIREK-TORIN?
DU KANNST MICH AMANE NENNEN, NITO.
AMANE ...
... WARUM HAST DU MEINE HIN-RICHTUNG VERHIN-DERT?

HI HI, NUR KEINE HAST.
ICH WERD DIR ALLES ERKLÄREN.
SO, JETZT ISS ERST MAL.
BEVOR ES KALT WIRD.
DU WOLLTEST DOCH GERN ...
... NORMALES ESSEN PROBIEREN, ODER?
DAS IST ALSO...
... NORMALES ESSEN ...

カタ ZITTER
カタ ZITTER
カタ ZITTER
I... ICH ... HAB IMMER DAVON GETRÄUMT, ALSO ...
... HAB ICH MIR IM KRANKENHAUS SELBST EINEN LÖFFEL GEBAUT UND DAMIT GEÜBT ...
...
UH ... UUH ...
BIS ICH AUS DEM KRANKENHAUS RAUSKAM ...
... IST SO VIEL PASSIERT. UND DANACH AUCH ...

... UND JETZT IST ENDLICH ...
... EINER MEINER TRÄUME WAHR GEWORDEN.

WIR SIND HIER ...
... IN EINEM BEZIRK, DER FRÜHER VON SUKKUBEN REGIERT WURDE.
WIR VON MARTHA HABEN HIER UNSER HAUPTQUARTIER ERRICHTET.
ES GIBT DIE BLUTFAKTION ...
... DIE MUSKELFAKTION ...
... DIE KNOCHENFAKTION ...
... UND DIE FETTFAKTION.
MEIN TRAUM IST ES ...
... DIESE VIER FAKTIONEN UND DAMIT ALLE SUKKUBEN ZU VERNICHTEN.

DIE BLUTFAKTION HABEN WIR BEREITS AUS-GEROTTET.
VERMUTLICH IST EINE DER DREI ÜBRI-GEN AN DEM KRAN-KENHAUS BETEILIGT, IN DEM DU WARST.
WIE DIE BLUTFAK-TION ...
... WIRD MARTHA SIE AUFSPÜREN UND VER-NICHTEN.
HIIRO ...
KANTINE
... UNTERSTÜTZT UNS DABEI, UNSCHULDIGE SUKKUBEN ZU BESCHÜTZEN.
IST HIIRO NICHT EIN BLUTSUK-KUBUS?

ES GIBT AUCH GUTARTIGE SUKKUBEN, SO WIE HIIRO.
WENN WIR DIE GEFÄHRLICHEN SUKKUBEN DER ÜBRIGEN DREI FAKTIONEN ERLEDIGEN ...
... UND NUR DIE ZURÜCKBLEIBEN, DIE MENSCHEN NICHT ALS BRUTWIRT BENUTZEN ...
... KÖNNEN SUKKUBEN GENAU WIE MENSCHEN EIN NORMALES LEBEN FÜHREN.
DESHALB KÄMPFT SIE ALSO GEGEN SUKKUBEN ...
... OBWOHL SIE SELBST EINER IST ...
ICH BIN ES LEID, WEISST DU?
AUCH WENN WIR ZEHNTAUSENDE VON IHNEN TÖTEN, DER KAMPF ENDET NICHT.
UNSERE BISHERIGE VORGEHENSWEISE FUNKTIONIERT NICHT ...
DAHER MÖCHTE ICH, DASS DU ...
... GENAU WIE HIIRO MIT MARTHA ZUSAMMENARBEITEST ...
... UND ZEIGST, DASS SUKKUBEN SEITE AN SEITE MIT MENSCHEN LEBEN KÖNNEN.

BEDEUTET DAS, WENN IHR DIE KERLE ERWISCHT, DIE MEINE FREUNDE FERTIGGEMACHT HABEN ...
... KÖNNEN HIIRO UND ICH IN FREIHEIT LEBEN?
ICH WILL SOFORT MEHR. BITTE.
ICH ...
... HATTE EIN BISSCHEN ANGST.
ICH HÄTTE ES NICHT ERTRAGEN, WENN ...
... NORMALES ESSEN SICH NICHT VON DEM IM KRANKENHAUS UNTERSCHIEDEN HÄTTE.
DIESE GEFÄHRLICHEN SUKKUBEN?
ICH MACH SIE FERTIG!
UND, WIE WAR'S?
EINE GROSSE PORTION?
JA!

DIE OPE-
RATION
STEHT.
DIE NÄCHSTE MISSION WIRD WOHL ECHT GEFÄHRLICH!
GAB'S SCHON MAL EINE, DIE NICHT GEFÄHR-LICH WAR?
ICH BIN BEREIT ZU STERBEN.
WISST IHR NOCH?
DIE VON UNS, DIE ÜBERLEBT …
… GESTEHT TRUPPEN-FÜHRER KU-ROGANE IHRE GEFÜHLE!
KEINE AL-LEINGÄNGE!

WAS MACHT IHR DA?
ES GEHT LOS!
JA!
GEGENWÄRTIG KEINE ANZEICHEN FÜR FEINDLICHE SUKKUBEN.
IN FÜNF MINUTEN ERREICHEN WIR DAS OPERATIONSGEBIET.

TRUPP KURO-GANE ...
... BEREIT MACHEN ZUM START DER OPERATION.
WARUM SIND DIE SUKKU-BEN DABEI?
IST EIN BEFEHL, DARUM.
EY!
WIESO HASST IHR MICH SO?
ICH GEHÖR DOCH JETZT ZU EUCH, ODER?

KATEGORIE-A-SUKKUBEN MÜSSEN STRENGSTENS ÜBERWACHT WERDEN.
ICH BIN KATEGORIE C, DESHALB IST ES BEI MIR LOCKERER.
ICH WERD AUCH ALS SPIONIN EINGESETZT.
ACH, DU BIST AUCH DABEI, HIIRO.
UND ...
... GLAUB BLOSS NICHT, DASS MENSCHEN SYMPATHIE FÜR SUKKUBEN HEGEN.
LAUT DEN INFOS AUS DRESSERS WOHNUNG ...
... BEFINDET SICH HIER DIE BASIS DER ORGANISATION, DIE MIT MENSCHEN HANDELT, DIE ALS BRUTWIRT VORGESEHEN SIND. UND FÜR DIE HAT DRESSER ALS SCHLÄGER GEARBEITET.
LAUT NAVI...
... SOLL DAS HIER EIN ATELIER SEIN ...
AUF INSTA SIEHT ES NACH DER WERKSTATT EINER BILDHAUERIN AUS.
OH, UND SIE IST RICHTIG BERÜHMT! EINE AUFSTREBENDE, ATTRAKTIVE BILDHAUERIN, STEHT HIER!
WIR WERDEN ES GLEICH RAUSFINDEN.

WOMM
UWAH!
DIE HAT JA EINEN KRASSEN GE-SCHMACK!

HE, KÖNNT IHR MIR NICHT DIE FESSELN ABMACHEN?
WIE NENNT MAN SO WAS NOCH GLEICH, SURREALISMUS?
FASST NICHTS AN.
!
HSSS
TRUPPENFÜHRER KUROGANE!

DAS SIND ECHTE MEN-SCHEN.
HSSS
HSSS

OPFER VON MENSCHENHANDEL ENTDECKT!
OFFENBAR WURDEN DIE BRUTWIRTE ALS SKULPTUREN GETARNT!
VERDÄCHTIGE PERSON ALS SUKKUBUS EINGESTUFT!
BOMBENFEST ...
VON JETZT AN ...
... NENNEN WIR SIE SCULPTOR!
WIR HABEN WOHL BESUCH VON MARTHA.
TÖTET ... MICH ...

FANGT DEN BURSCHEN MIT DEN WILDEN HAAREN!
DIE ANDEREN TÖTET IHR!
JAWOHL!
DIREKTORIN AKO HAT ES RICHTIG VORHERGESEHEN.
IN KAMPFSTELLUNG!
SIE FLIEHEN NICHT, SONDERN WOLLEN WAS VON NITO.

DIREKTO-RIN AKO!
WIESO RICHTEN SIE IHN NICHT HIN?!
SPIELST DU VIDEO-GAMES, YUTO?
?
EHER SELTEN ...
ICH VERSTEH MAL WIEDER NICHT, WORAUF SIE HINAUSWILL ...
MANCHE LEUTE TRAUEN SICH NICHT, EIN SELTENES ITEM ZU BENUTZEN ...
... WENN SIE ES IM GAME ERKÄMPFT HABEN.
EIN ELIXIER, EIN BLATT VOM WELTENBAUM, EINEN MEIS-TERBALL, DER KERO KERO DRINK ...
KERO KERO?
OBWOHL SIE DURCH DEN EINSATZ SCHADEN VON IHREN GEFÄHR-TEN ABHALTEN KÖNNTEN ...
... GEHEN MANCHE SO WEIT, DIE ITEMS BIS ZUM SPIEL-ENDE NICHT ZU BENUTZEN.

ICH BENUTZE EIN ITEM SOFORT.
„NITO, DU BIST DER KÖDER.
UM DEN FEIND AUS DER RESERVE ZU LOCKEN, DENN ER WIRD DICH HABEN WOLLEN.
SELBST WENN DU FLIEHST, WIRD MARTHA DICH DURCH DEN SENDER AN DEINEM HALS AUFSPÜREN ...
... UND TÖTEN!"
HEY, DIE FESSELN!
„BISHER WURDE DEINE HINRICHTUNG NUR VERSCHOBEN."
NITO ...
... ICH BIN ZU ALLEM BEREIT ...
... WENN DADURCH DIE MENSCHEN, DIE MIR WICHTIG SIND, ÜBERLEBEN KÖNNEN.
KAPITEL 6 ENDE

„KURZ NACHDEM HIIRO DICH AUS DEM KRANKENHAUS GEHOLT HATTE ...
... HAT DIREKTORIN AKO MARTHA LOSGESCHICKT, UM DIE EINRICHTUNG HOCHZUNEHMEN.
ABER DAS KRANKENHAUS WAR BEREITS KOMPLETT GERÄUMT."
KAPITEL 7: DER UMHERIRRENDE HALSREIF
FANGT DEN MIT DEN WILDEN HAAREN ...
... UND TÖTET ALLE MARTHALEUTE!
„DIESE KERLE VERSUCHEN, DICH ZU SCHNAPPEN.
DAS BEDEUTET, DASS SIE MIT DER KRANKENHAUSORGANISATION IN VERBINDUNG STEHEN."
JAWOHL!
NEHMT DIE FESSELN AB!
SONST MACHEN DIE MICH FERTIG!
DU WARTEST HIER, NITO!
STÜRM

DER HANDEL MIT BRUTWIRTEN IST DAS HAUPTGEWERBE DER MUSKELFAKTION.
ES BESTEHT EINE HOHE WAHRSCHEINLICHKEIT, DASS DIESE FAKTION BEI DEM KRANKENHAUS DIE FINGER IM SPIEL HAT.
DRESSER GEHÖRTE JA AUCH ZUR MUSKELFAKTION.
SIE HABEN DEN NITO-KÖDER GESCHLUCKT!
KAMPFBEREITSCHAFT!
WIR WERDEN UNSERE BEUTE NICHT ENTKOMMEN LASSEN!

BLUT-KUNST ERÖFF-NUNGS-STUFE!
FLAM-MENDER SCHWERT-TANZ!

!!
ZAMM
MOMO!
WER VON UNS MEHR FÄNGT, OKAY?
MIZUKI AWABUCHI VOLLZUGSBEAMTIN 2. KLASSE
MIZUKI!
MIT SUKKUBEN WIRD NICHT GESPIELT!
SIE WERDEN ORD-NUNGSGEMÄSS ELIMINIERT!
MOMOKA UMESAKI VOLLZUGSBEAMTIN 2. KLASSE

EIN PAAR VON DENEN SIND KATEGORIE C ...
SACHI KINA VOLLZUGSBEAMTIN 2. KLASSE
... ALSO PASST AUF!
ZING
UTSUHA!
MUSKEL-RÜSTUNG!
ICH RÄCHE SIE, HERR TAKAHASHI!
RÄCHEN?
„BLUT-KUNST" IST ...

... EINE KAMPFMETHODE, BEI DER DIE FÄHIGKEITEN VON BLUTSUKKUBEN ...
WEN RÄCHE ICH ...
... DENN DANN MAL?
PAPA? MAMA? MEINE KAMERADEN?
... AN MENSCHEN ANGEPASST WURDEN. SIE BESTEHT AUS DEN VIER STUFEN: ERÖFFNUNG, ZERSTÖRUNG, KLIMAX UND FINALE.
FEUERFALTER DER ROTEN BLUME IST DER SCHLAGANGRIFF ...
キパ
KNACK
... FLAMMENDER SCHWERTTANZ DER SCHWERTANGRIFF ...
キパ
KNACK
... BLUTMOND DER DÄMMERUNG DER SCHUSSANGRIFF.
ANWENDER WÄHLEN GEWÖHNLICH EINEN DER DREI ERÖFFNUNGSANGRIFFE ...
... UM DEN KAMPF ZU BEGINNEN.
KNACK
キパ
!
BZING
INDEM SIE DANN ...
... DEN BLUTPREIS ZAHLEN ...

BLUTKUNST ZERSTÖRUNGSSTUFE!
DRACHENSCHWANZ!
... KÖNNEN SIE ZUR ZERSTÖRUNGSSTUFE ÜBERGEHEN ...
... DIE IHRE BESONDEREN EIGENSCHAFTEN NOCH BESSER WIDERSPIEGELT.
IHR SUKKUBEN ...
... SEID VOM MOMENT EURER GEBURT AN IRGENDJEMANDES FEIND.
UTSUHA SAKAZUKI VOLLZUGSBEAMTIN 2. KLASSE
DANEBEN GIBT ES DIE KLIMAXSTUFE, DIE DER FESTNAHME UND VERTEIDIGUNG DIENT ...
... UND DIE FINALSTUFE, DIE ULTIMATIVE GEHEIMTECHNIK.
TOCK

ENTWICKELT WURDE DIESE KAMPFKUNST VON DER MARTHA-DIREKTORIN AMANE AKO.
YURO KUROGANE VOLLZUGSBEAMTER 1. KLASSE
SAKAZUKI, VERWENDE DIE ZERSTÖRUNGSSTUFE NICHT FÜR KLEINE FISCHE.
MARTHA, BITTE JETZT ZÜGIG DEN KAMPF BEENDEN ...
DIE ERÖFFNUNG REICHT DAFÜR ...
... ZERSTÖRUNG WÄRE AUCH NOCH OKAY ...
... NUR ANFÄNGER BRAUCHEN FÜR SOWAS NOCH KLIMAX.
UND DIE FINALSTUFE?
DIE BENUTZT DU NICHT.

IHR SEID ALLE SO STARK!
ICH MUSS WOHL GAR NICHTS MA-CHEN.
ICH HABE DIESEN MANN GETÖTET ...
WOCK
... UND EINE MAHLZEIT GE-GESSEN, DIE NICHT AUS EINEM SCHLAUCH KAM.
EIN MANN ...
... FÜR EINEN TRAUM.

WIE VIELE SUKKUBEN MUSS ICH TÖTEN ...
... UM ALL MEINE TRÄUME UND DIE MEINER FREUNDE WAHR WERDEN ZU LASSEN?
DIESER MANN HAT MICH ZUERST ANGEGRIFFEN, DESHALB WAR'S OKAY ...
... ABER BEI DENEN HIER KOMMT'S MIR EHER SO VOR, ALS WÄREN WIR LOSGEZOGEN, UM SIE ZU TÖTEN.
„MEIN TRAUM IST ES, DIESE VIER FAKTIONEN UND DAMIT ALLE SUKKUBEN ZU VERNICHTEN."
„SUKKUBEN HABEN KEIN RECHT ZU LEBEN!"
„JEDE EINZELNE DIESER KREATUREN IST EIN POTENTIELLER MÖRDER."

OB ICH VON NUN AN AUCH DIE TÖTEN MUSS ...
... DIE ICH GAR NICHT TÖTEN WILL?
SIRR
WIE FÜHLT SIE SICH WOHL DABEI ...
... WENN SIE GEGEN IHRE EIGENE ART KÄMPFT?
APROPOS, WO IST SIE ÜBERHAUPT?

ZIEL BEWEGT SICH ZUR GEPLANTEN POSITION.
UND EINE VON MARTHA IST ALLEIN HIERHER UNTERWEGS.
SOLL ICH SIE TÖTEN?
KÜMMERE DICH NICHT UM SIE.
DAS ZIEL HAT PRIORITÄT.
ABER WIR MÜSSEN DOCH UNSERE KAMERADEN RÄCHEN!
SABU ...
WAS MACHT EINEN GUTEN KÜNSTLER AUS?
TÖTET MICH ...
?
GELD VERDIENEN?
NA ALSO, DU WEISST ES DOCH!
TÖTET ...

KRCK
モッ
WIR ERSCHAFFEN KEINE WERKE, DIE UNS ZUFRIE-DENSTELLEN.
KRRRRRCK
モリリリ
SONDERN WERKE, DIE UN-SEREN KUNDEN ZUFRIEDEN-STELLEN.
KRICK
DU BRAUCHST KEIN EGO.
ERFÜLLE NUR DEINE ROLLE.

DAS IST ...
KRACK
... DER TRICK, UM IN DIESER WELT ZU ÜBERLE-BEN.
KRACK

GRABB
ER WAR IN EINER SKULPTUR VERSTECKT!
DAS IST DER ALARM-TON DES HALSREIFS!
BIIIEP
L... LASS MICH LOS!
ER IST LOSGEGAN-GEN, WEIL NITO VOM FEIND GESCHNAPPT WURDE.
BIIIEP
BIIIEP
BIIIEP
ZACK
AH! ER HAUT AB!

SOLL ICH NITO HELFEN?
ER IST EIN SUKKUBUS, GENAU WIE UNSERE FEINDE.
KNACK
KNACK
ZÖGERE NICHT! DU BIST AUF EINER MISSION ...
... UND DER KERL IST EIN MITGLIED DEINES TRUPPS.
DIE TRUPPEN-MITGLIEDER ZU BESCHÜTZEN ...
BLUT-KUNST ZERSTÖRUNGS-STUFE!
... IST ...
BWUSCH
... DIE AUFGABE EINES TRUPPEN-FÜHRERS!
BLUT-GRAB-MAL!

BIIIEP
BIIIEP
WOMM
KRICK
KOSTBAREN KAMERAD ... BE... SCHÜ...TZEN ...
DA OBEN HATTE SICH ALSO NOCH EINER VER-STECKT!

ICH SCHAFF'S NICHT MEHR!
BI
BI
BI
BI
WAS IST DIESES NERVIGE GEPIEPSE?
WEISS ICH AUCH NICHT!
BI
BIEP
AH! ICH WEISS!
VIEL-LEICHT IST ES DIE KLINGEL, DIE ZUM ESSEN ...
PAMM
... RU ...

!!
DER HALS-REIF IST EXPLO-DIERT?!
EINE VON DIREKTO-RIN AKO EINGEBAUTE ANTIFLUCHT-MASSNAHME?!
TONK
ドバチャ
JEDER SUKKUBUS STIRBT ...
... WENN SEIN GEHIRN ZERSTÖRT WIRD.

IGITT ...
ER IST EIN SUKKUBUS, MACH DIR KEINEN KOPF DESWEGEN.
BOSS ...
... DAS WAR IN ORDNUNG, NICHT WAHR?
INDEM WIR HIER EINDRINGEN KONNTEN ...
... HATTE ER SEINE AUFGABE ALS KÖDER ERFÜLLT.
HIIRO IST SCHON VORGE-GANGEN. WIR FOLGEN IHR JETZT.

ER WIRD BALD GEBOREN, DOKTOR, NICHT WAHR?
JA. ER IST DIE HOFFNUNG ALLER SUKKUBEN.
ER KANN ES SCHAFFEN.

BOSS …
…
WAS …?
ER KANN KÖNIG …
… DER SUKKUBEN WERDEN!
LILI-MEN 1 ENDE
FORTSETZUNG FOLGT …

NÄCHSTES MAL
DER KÖ-NIGSANWÄRTER LÄUFT AMOK.
ER WIRD NICHT AUFHÖ-REN, BIS ER SIE ALLE ZER-STÖRT HAT.
ICH WENDE DIE ...
... FINAL-STUFE AN.
GUIIIII
IN MENSCH-LICHER FORM.
TAKUMA TOKASHIKI
LILI-MEN BAND 2

SUTOPPU!

Koko wa kono manga no owari dayo.
Hantaigawa kara yomihajimete ne!
Dewa omatase shimashita!
Tanoshii hitotoki wo dozo!

Egmont-Manga-Chiimu

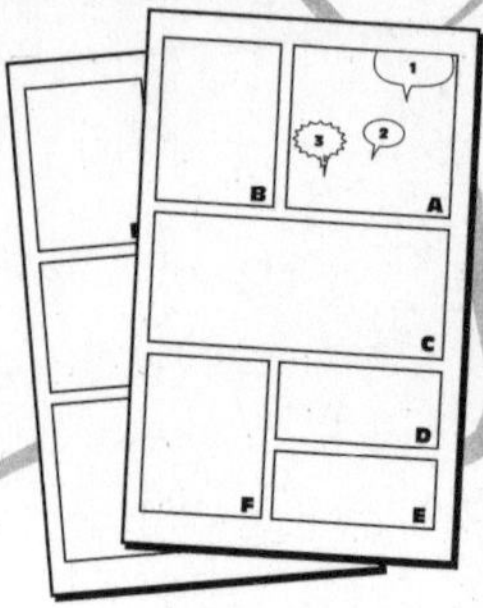

STOPP!

Das ist der Schluss des Mangas.
Fangt bitte am anderen Ende an!
Und nun genug der Vorrede,
viel Spaß beim Lesen!

Euer Egmont-Manga-Team

KODANSHA

„lili-men 01“
von Takuma Tokashiki
Aus dem Japanischen von Antje Bockel
Originaltitel: „lili-men“ Vol. 01

Originalausgabe:
LILI-MEN Vol. 01

First published in Japan in 2023 by Kodansha Ltd., Tokyo.
Publication rights for this German edition arranged through
Kodansha Ltd., Tokyo.

Deutschsprachige Ausgabe:

verlegt durch Egmont Verlagsgesellschaften mbH,
Ritterstraße 26, 10969 Berlin
safety@egmont.de

1. Auflage 2025
Verantwortliche Redakteurin: Luisa Steinhäuser
Textbearbeitung: Katrin Aust
Gestaltung: Anke Koopmann
Koordination: Angelika Schönhuber
Printed in the EU
ISBN 978-3-7555-0391-0

story house
EGMONT